Maya Natsume

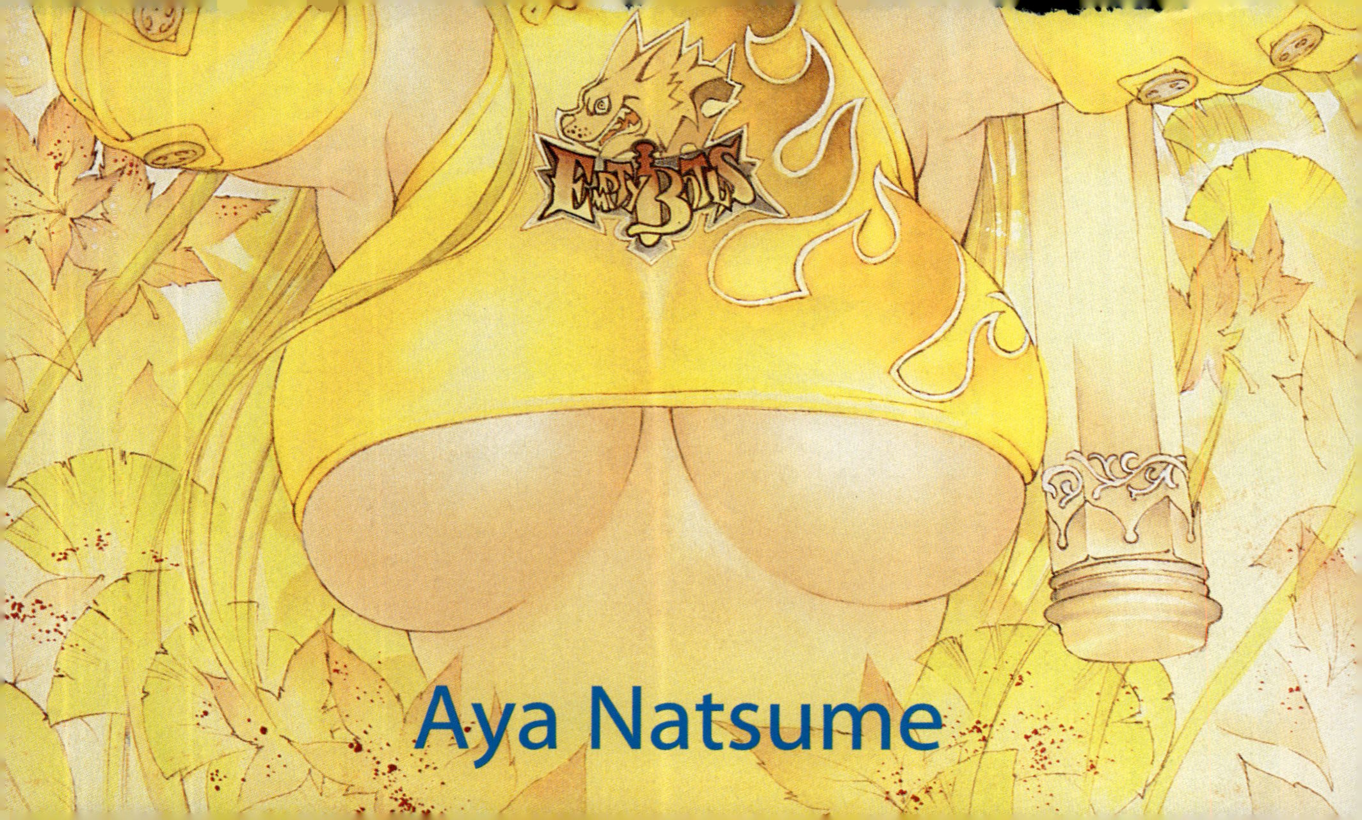
Aya Natsume

ENFER&PAR

LETS GO CRAZY

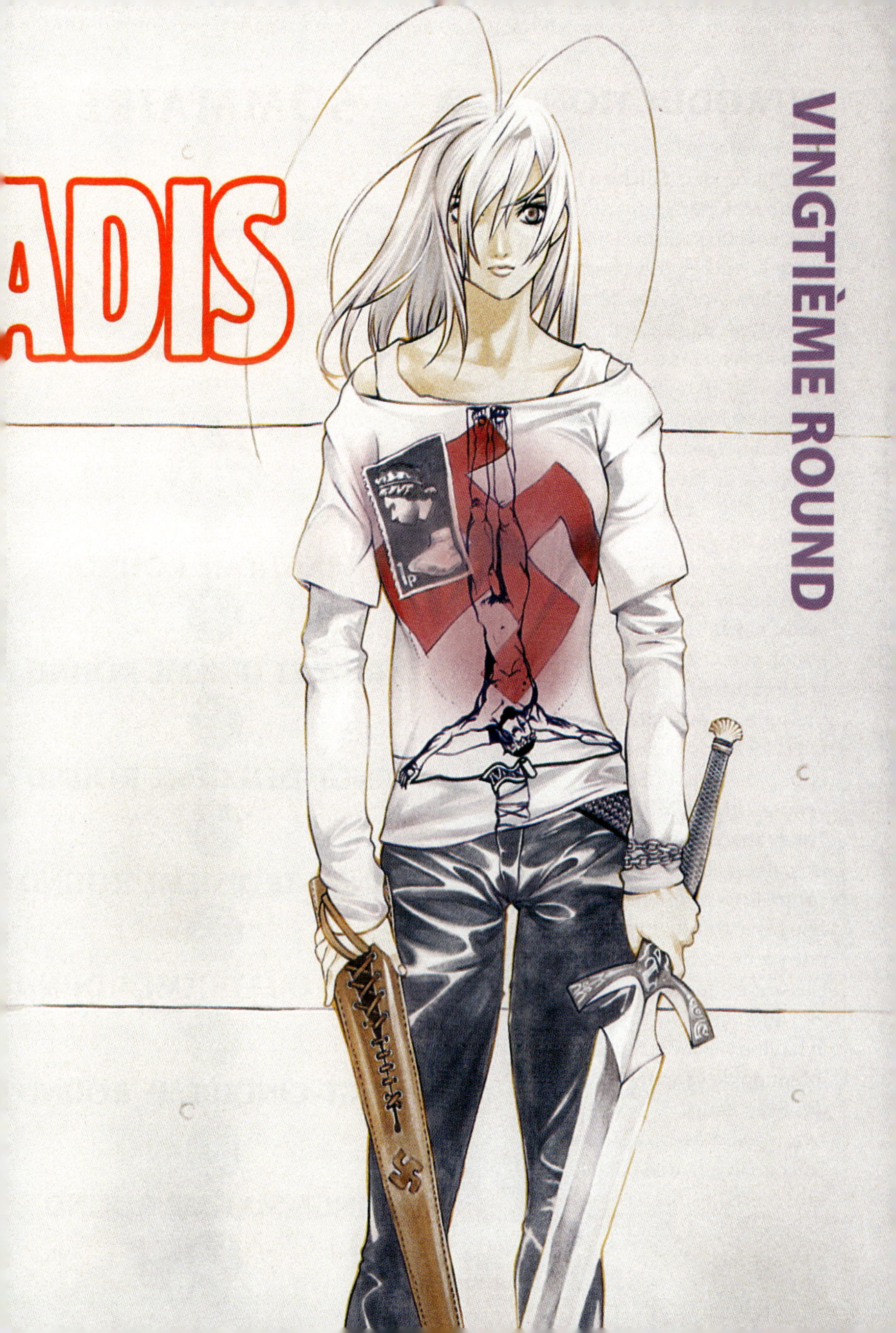
ADIS
VINGTIÈME ROUND

INTRODUCTION

Les deux nouvelles recrues de l'institut Toudou, **Soichiro Nagi** et **Bob Makihara**, sont des étudiants un peu spéciaux. Ils passent leur temps à chercher la bagarre. Après une défaite inattendue, ils décident d'améliorer leurs techniques de combat en rejoignant le Club de Juken, présidé par **Maya Natsume** et composé de **Masataka Takayanagi** et **Aya Natsume**, la sœur de Maya.

Mais très vite, les choses se gâtent pour les nouveaux venus et leurs amis : Soichiro et Bob cherchent des noises aux **Exécuteurs**, une mystérieuse organisation qui fait la loi à l'institut et entreprend aussitôt de se venger. Un soir, **Mitsuomi Takayanagi**, le chef des Exécuteurs, lance une offensive contre le Club de Juken alors que ses membres disputent une partie de bowling.

L'assaut est terrible : plus de 200 guerriers investissent le bâtiment avec la ferme intention de venger l'honneur des Exécuteurs.

Aya, Maya, Masataka, Bob et Soichiro livrent une bataille sans merci, jusqu'au combat final qui oppose Soichiro à Mitsuomi !

SOMMAIRE

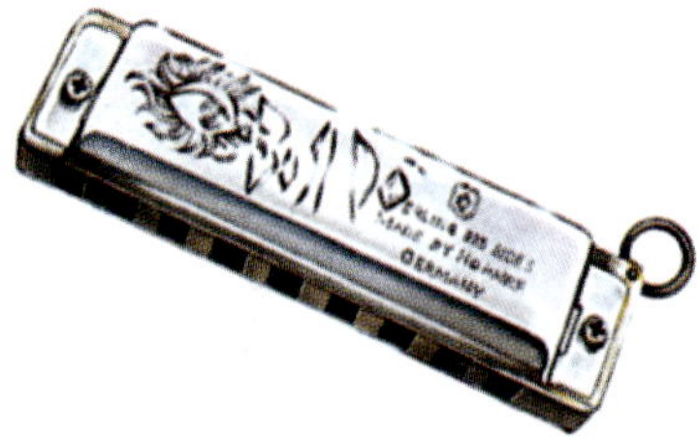

4

ÇA A MARCHÉ.
LA FLAMME DU DOUBLE DRAGON L'A FRAPPÉ EN PLEIN PLEXUS SOLAIRE.
À MON AVIS, IL N'EST PLUS EN MESURE DE PARLER NI DE BOUGER.
MAYA.
DIS-MOI UN TRUC...
POURQUOI EST-CE QUE TU L'AS ACCEPTÉ DANS TON CLUB ?
BAH, TU N'AS PAS BESOIN DE RÉPONDRE...
J'AI COMPRIS.

CRITCH CRITCH
CRITCH
LE FAIT QU'IL SE RELÈVE APRÈS CHACUN DE MES COUPS...
TOM
... SIGNIFIE QU'IL POSSÈDE UNE FORCE SPIRITUELLE QUASI INFINIE.
TOM
PERSONNE NE PEUT AVOIR RECOURS À "L'ESPRIT" À L'INFINI.
MÊME MOI, JE FINIRAIS PAR ÉPUISER SA FORCE SI JE L'UTILISAIS EN PERMANENCE.
IL Y A UNE LIMITE À TOUT.
FLUPP
MAIS IL Y A DES EXCEPTIONS.
!!

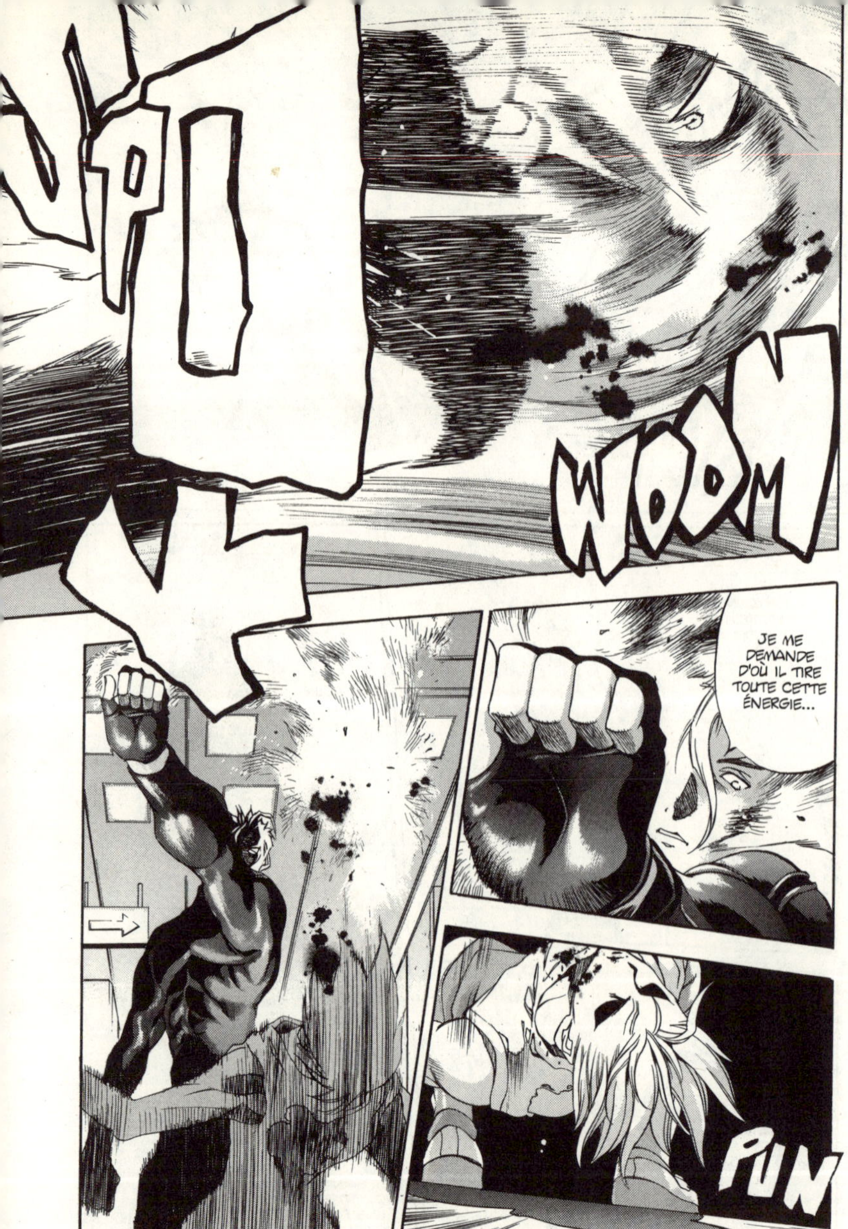
WOOM
JE ME DEMANDE D'OÙ IL TIRE TOUTE CETTE ÉNERGIE...
PUN

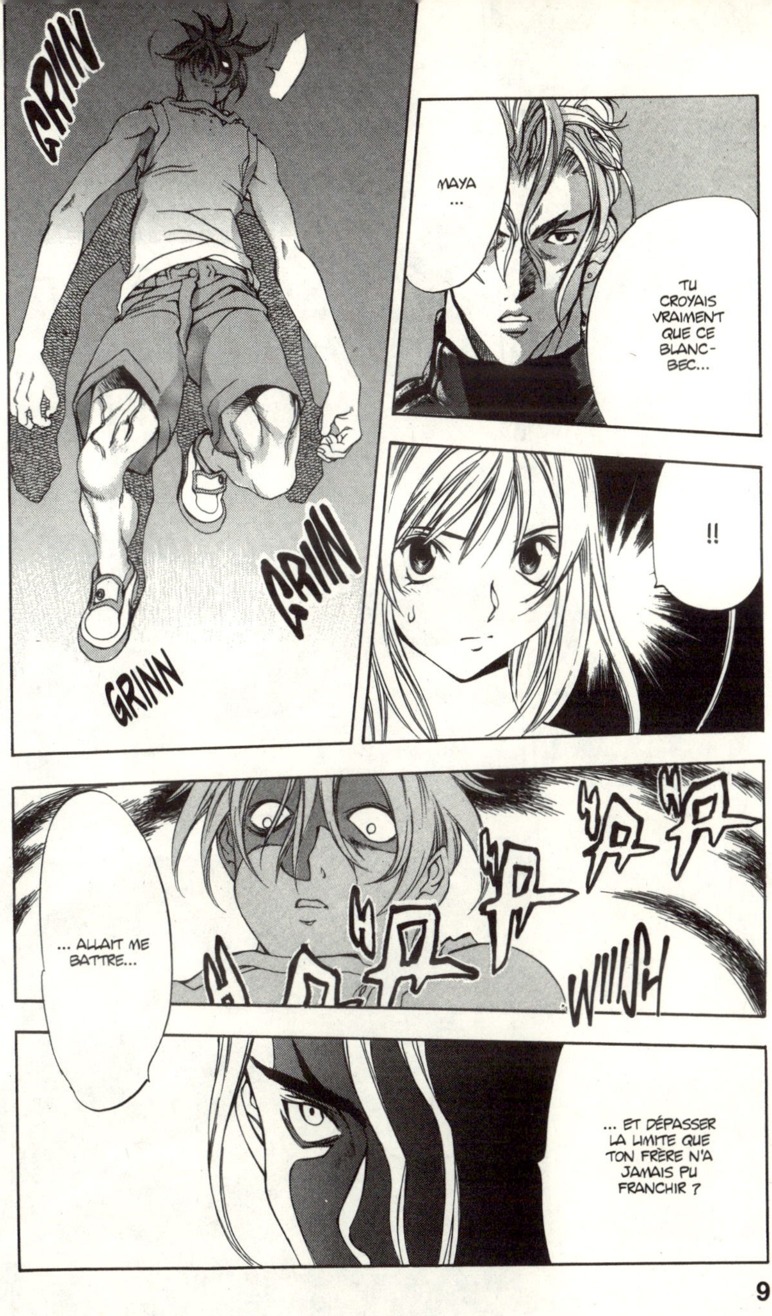

MAYA ...
TU CROYAIS VRAIMENT QUE CE BLANC-BEC...
!!
GRIIIN
GRIIIN
GRINN
... ALLAIT ME BATTRE...
WIIISH
... ET DÉPASSER LA LIMITE QUE TON FRÈRE N'A JAMAIS PU FRANCHIR ?

MAYA...
SENS-TU ENCORE LA PRÉSENCE DU DRAGON EN LUI ?

SHIN...
?!

SHIIN
PLIN
WUP
JE ME SUIS POSÉ LA QUESTION DÈS QUE J'AI SU QU'IL ÉTAIT INSCRIT.
WUF
PUIS JE L'AI VU SE BATTRE CONTRE MASATAKA ET RYUZAKI.
ZUF
POK

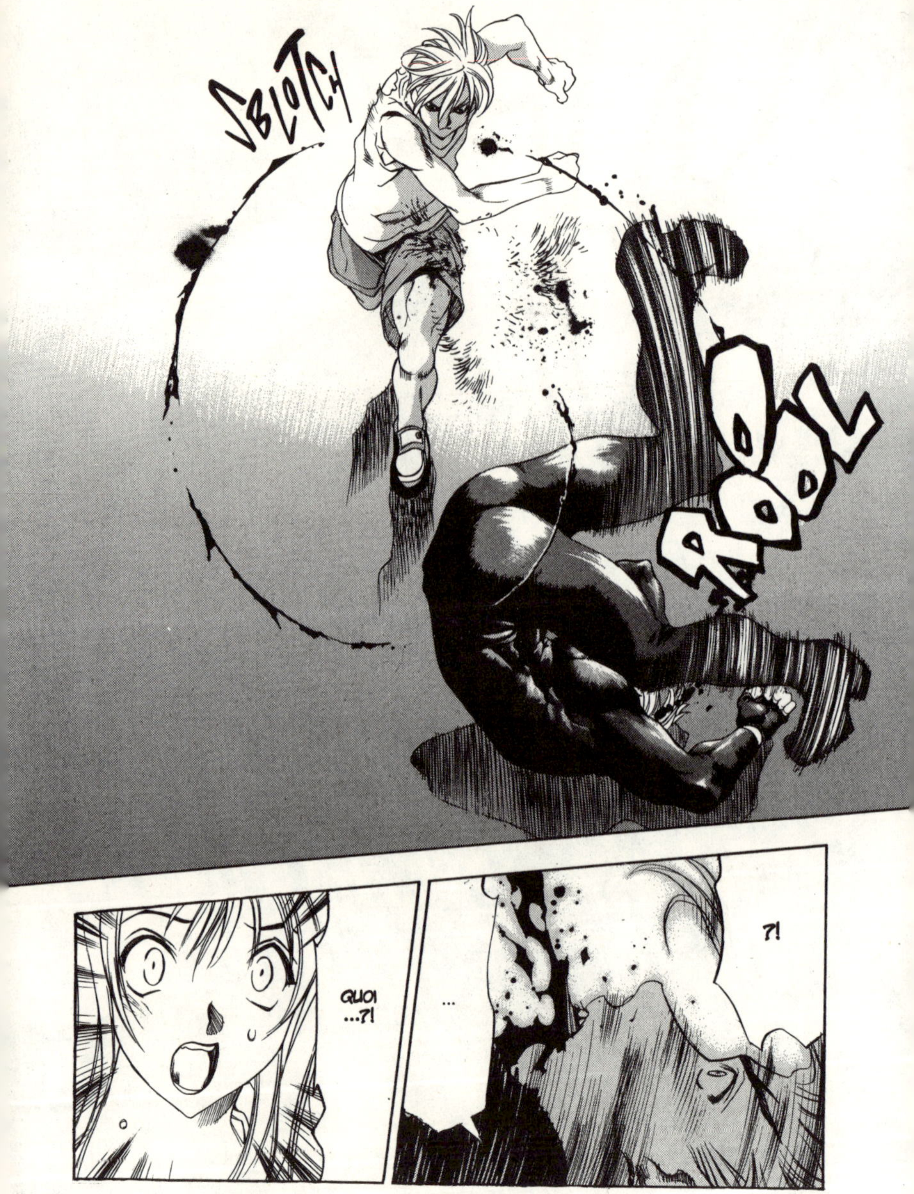
SBLOTCH
ROOOL
?!
...
QUOI ...?!

GRAB
MAIS...
SWOOSH
EXIT
POC
ARGH...

MAIS ALORS...
CE JOUR-LÀ, IL Y A DEUX ANS...
STOP ...
ARRÊTE ...
STON
MALGRÉ SA TECHNIQUE EXTRAORDINAIRE... IL N'A RIEN PU FAIRE...
MITSUOMI A ÉTÉ TOUCHÉ...
STUFF
JE T'AI DIT D'ARRÊTER !!

PLICK
SPAFF
TU ES VRAIMENT ...
... UNE IDIOTE...
... MAYA.

TU ME CROIS...
... ENCORE CAPABLE DE TUER QUELQU'UN ?
STOM
CERTAINS INDIVIDUS SONT DOTÉS D'UNE "FORCE" ILLIMITÉE.
MAIS CE N'EST PAS UN TALENT INNÉ.
C'EST L'OEUVRE D'UN DIEU...
... OU D'UN DRAGON.
D'UN ANGE...
... OU D'UN DÉMON.
ON PEUT APPELER ÇA COMME ON VEUT, LE RÉSULTAT EST LE MÊME.
CETTE FORCE EST UN "ESPRIT" QUI N'HABITE PAS LE CORPS DES ÊTRES HUMAINS, MAIS QUI EST INSUFFLÉ PAR LES ÉLÉMENTS.

CELUI QUI PARVIENT À LE MAÎTRISER EST CONSIDÉRÉ COMME UN "DÉMON" PAR LES AUTRES.
ET C'EST BIEN CONNU, UN DÉMON UTILISE SA FORCE POUR FAIRE LE MAL.
COMME TON FRÈRE...
... PAR EXEMPLE.
TU ES RESPON-SABLE...
... DE LA MORT DE SHIN...
WUSH
... ET DE CELLE DE CE GARÇON.
CRITCH
CRITCH

JE SUIS EN TROISIÈME ANNÉE À L'INSTITUT TOUDOU. GUERRIER DU CLAN GAOKI, PRÉSIDENT DU CLUB DES EXÉCUTEURS...
DAN
... JE M'APPELLE...
... MITSUOMI TAKAYANAGI.

SOICHIRO NE FAIT PAS LE POIDS CONTRE UN ADVERSAIRE COMME LUI.
MITSUOMI NE RIGOLE PAS...
DIS-LUI D'ARRÊTER, MAYA !
QU'EST-CE QUI TE PREND, MAYA ? POURQUOI TU LES LAISSES FAIRE ?!
IL N'A AUCUNE CHANCE DE S'EN TIRER !

OUPS
WUOP
SPLOSH
CALME TES ARDEURS, SENPAI !
RIEN DE TEL QU'UN PEU D'EAU FROIDE POUR FORCER CE CRÉTIN À REPRENDRE SES ESPRITS.
...
BUNSHICHI !
VOLIV

POUR QUI VOUS VOUS PRENEZ, TOUS LES DEUX ?
VOUS ÊTES VRAIMENT BIZARRES. PARLER DE MORT ET DE DÉMONS...
TU TE MOQUES DE MOI ? JE SUIS ENTRÉ AU CLUB DES EXÉCUTEURS PARCE QUE TU M'AS PROMIS QUE JE POURRAIS RESTER À L'ÉCART.
T'ES BÊTE OU QUOI ?
SI SEULEMENT TU AVAIS PRIS LA SITUATION EN MAIN TOUT DE SUITE...
QU'EST-CE QUE TU VIENS FAIRE ICI, TOI ?
JE NE COMPRENDS PAS POURQUOI TU T'ACHARNES APRÈS LUI, SENPAI.
STRUSH
... À PROPOS D'UN GARÇON AUSSI DOCILE.
REGARDE COMME IL EST GENTIL AVEC MOI.
PACK
PACK
IL N'A FAIT QUE SE DÉFENDRE CONTRE TA FOLIE MEURTRIÈRE.
!!
SOICHIRO ...

EN VOILÀ UNE FAÇON DE ME REMERCIER !
QU'EST-CE QUI TE PREND, PETIT ?
TON
TON
POK
TONK
TOK
POK
ARGH !
MITSUOMI !
!!
MAH
WOP
POK POK
SI JE N'ÉTAIS PAS BLESSÉE, JE ME SERAIS BATTUE À SA PLACE.
NE TE MÉPRENDS PAS !
JE NE FAISAIS PAS ALLUSION AU PASSÉ.

C'EST FAUX.
...
DIS À BUNSHICHI DE SE DÉPÊCHER.
KAGURAZAKA M'ATTEND...
JE M'EN VAIS.
LES TROIS MINUTES SONT PASSÉES.
...
JE VAIS...
... TE TUER !
POK
POK

MAYA...
MAIS QU'EST-CE QUI SE PASSE... ?
POURQUOI BOB ET NAGI SONT-ILS EN TRAIN DE SE BATTRE À MORT ?!!
C'EST À CAUSE DE TOI, MAYA ?
POURQUOI DEVRAIT-ON LIVRER...
... UNE GUERRE QUI N'EST PAS LA NÔTRE ?!!
RÉPONDS-MOI, MAYA !!

VINGT ET UNIÈME
ROUND

ALORS, MAYA ?!
POURQUOI ?!
NE ME DIS PAS QUE C'EST JUSTE UNE HISTOIRE DE COEUR, HEIN ?
APRÈS TOUT, LEUR CHEF EST L'UN DE TES EX !
C'EST PAS VRAI ! EN ARRIVER LÀ SANS RAISON VALABLE...
C'EST VRAIMENT TROP NUL !
JE NE DIS PAS QUE BOB ET NAGI N'Y SONT POUR RIEN, MAIS...
... SI TU NE LES AVAIS PAS ENCOURAGÉS, IL NE SERAIENT PAS DANS CET ÉTAT.

JE DEVRAIS PAS DIRE ÇA...
MAIS MÊME RYUZAKI...
CE QU'IL M'A FAIT...
JE...
JE...
...
UHN...
NON...

ALLEZ, PARLE...
DIS-LUI TOUT...
TOUT CE QUI S'EST PASSÉ.
NE LUI CACHE RIEN.
ENTRE TOI ET MITSUOMI.
DIS-LUI SI C'ÉTAIT JUSTE UNE AVENTURE OU DE L'AMOUR.

1 2 3 4 5 6 7 8
MERCI À TOUS.
MERCI.
ON A CONVAINCU LES EMPLOYÉS DU BOWLING DE LEUR DIRE QUE LA SALLE AVAIT ÉTÉ RÉSERVÉE POUR UN TOURNOI.
ET LA POLICE ?
IL Y A DES FLICS À L'ENTRÉE... MAIS ON CONTRÔLE LA SITUATION.
ET ON LEUR A PROMIS DE REMBOURSER TOUS LES DÉGÂTS. VOTRE FAMILLE PAIERA, N'EST-CE PAS, ISUZU ?
WOM
WOM
WOM
KAGURAZAKA !
SI TU CHERCHES MITSUOMI, IL EST ENCORE LÀ-HAUT.
IL EST VACHE DE M'AVOIR ENVOYÉ FAIRE CHAUFFER LE MOTEUR.

...
LAISSE TOMBER. CE QUI COMPTE, C'EST QUE J'AI PAS PERDU.
!!
MAIS QU'EST-CE QU'ILS T'ONT FAIT ?
ZUOSH
T'ES EN PITEUX ÉTAT.
MPF...
JE VAIS TE FAIRE VOIR...
... CE QUE JE VAUX VRAIMENT.
AHH
JE ME SUIS BATTU CONTRE MASATAKA.

VPAK
SPAK
...
TU ES TROP PRÉVI-SIBLE.
BOUGE MIEUX QUE ÇA.
SPAK
SAAAXXX
OU TU VAS FINIR PAR TE FAIRE AVOIR !
GRAB
TONK

WUIP
WFF
SKREEK
TRUSH
ARGH !
PAF

AH...
ZUT

POUSSE-TOI, TU VAS VOIR.
JE M'OCCUPE DE SON CAS.
MITSUOMI, QU'EST-CE QUE TU FAIS ?
STUNF
PANT
STUN
PANT
SPK
SPOK
UOCCH
CIAFF
À TA PLACE, J'AURAIS HONTE !
LE COMBAT EST TERMINÉ.

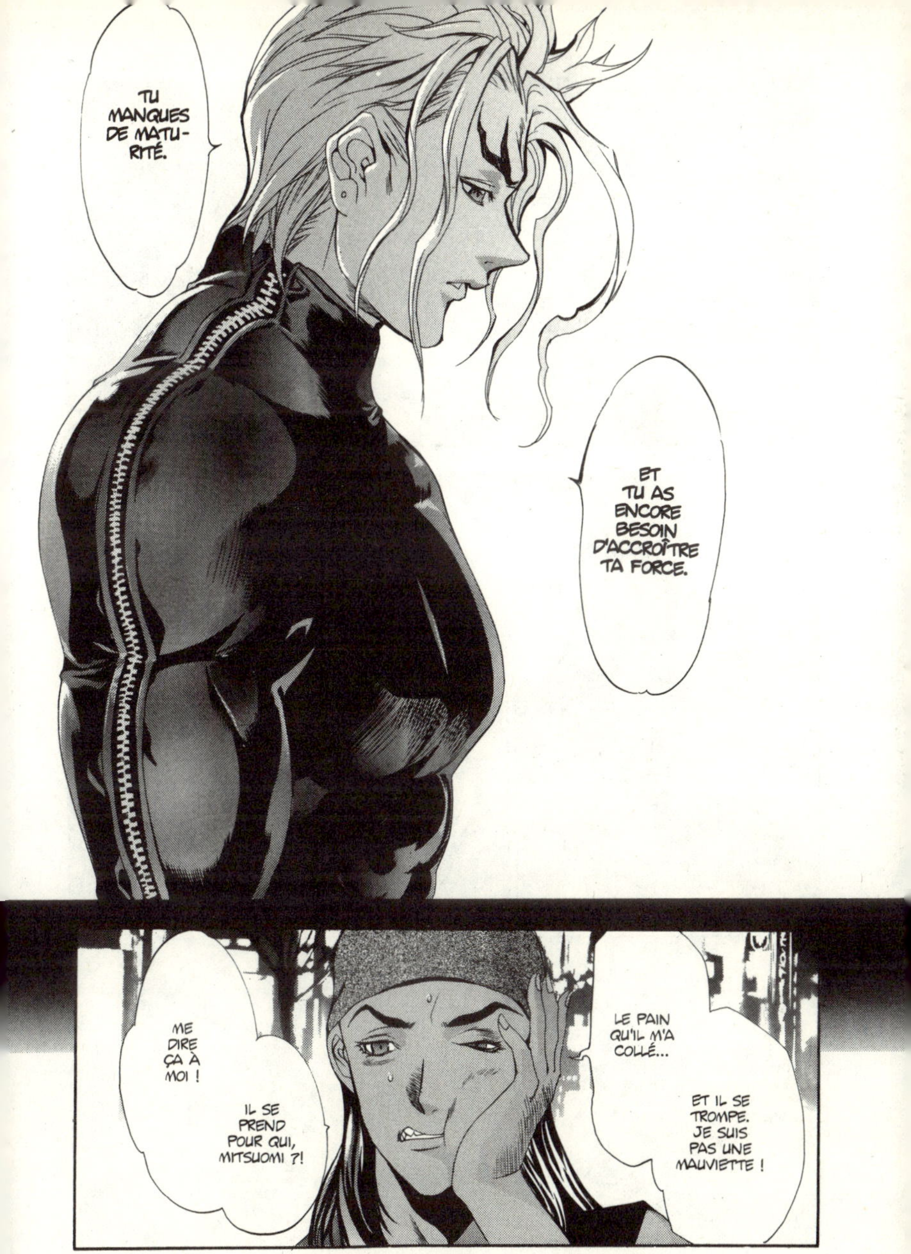
TU MANQUES DE MATU-RITÉ.
ET TU AS ENCORE BESOIN D'ACCROÎTRE TA FORCE.
LE PAIN QU'IL M'A COLLÉ...
ET IL SE TROMPE. JE SUIS PAS UNE MAUVIETTE !
ME DIRE ÇA À MOI !
IL SE PREND POUR QUI, MITSUOMI ?!

TE BILE PAS...
ÇA VA ALLER.
... IL S'EN FAIT ENCORE TROIS AUTRES ?
APRÈS AVOIR AFFRONTÉ BOB... ET MASATAKA...
TU AS ABANDONNÉ MITSUOMI ?
TU N'ES PAS LE CHEF DE SES GARDES DU CORPS ?
...
JE VAIS AVOIR UNE MARQUE, TU CROIS ?
!!
IL A DIT QU'IL EN AVAIT POUR TROIS MINUTES.

ÉCOUTE-MOI, ESPÈCE DE GONZESSE !
T'AS PAS COMPRIS QUE TU DOIS ASSURER SA PROTECTION EN PERMANENCE, IMBÉCILE ?!
UN GARDE DU CORPS, ÇA SERT À QUOI À TON AVIS ?
J'AURAIS JAMAIS DÛ LUI CONFIER MITSUOMI.
POUSSE-TOI !
HAN !
MERDE !
HÉ ?
MAIS QU'EST-CE QUI M'A PRIS DE M'EN REMETTRE À CETTE ESPÈCE D'INCAPABLE ?!
POURQUOI ELLE SE FÂCHE ?
Y A RIEN À CRAINDRE.
IL EST PAS EN DANGER...
S'IL ARRIVE QUOI QUE SOIT À MITSUOMI...
... JE TE COUPE LE VER QUI PENDOUILLE ENTRE TES CUISSES ET JE LE CRAME !
HÉ... ATTENDS !
T'ES PAS BLESSÉE ?

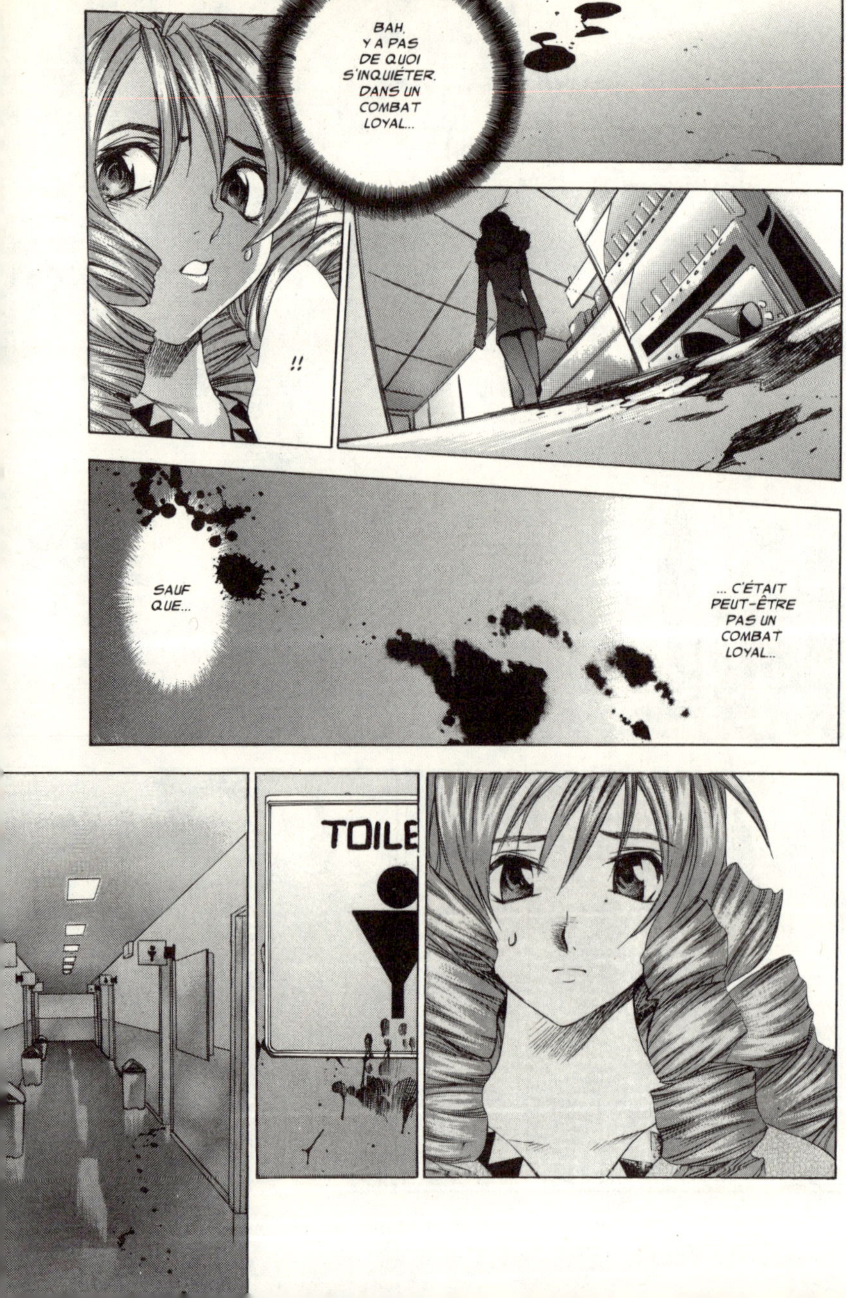
BAH, Y A PAS DE QUOI S'INQUIÉTER. DANS UN COMBAT LOYAL...
!!
SAUF QUE...
... C'ÉTAIT PEUT-ÊTRE PAS UN COMBAT LOYAL...
TOILE

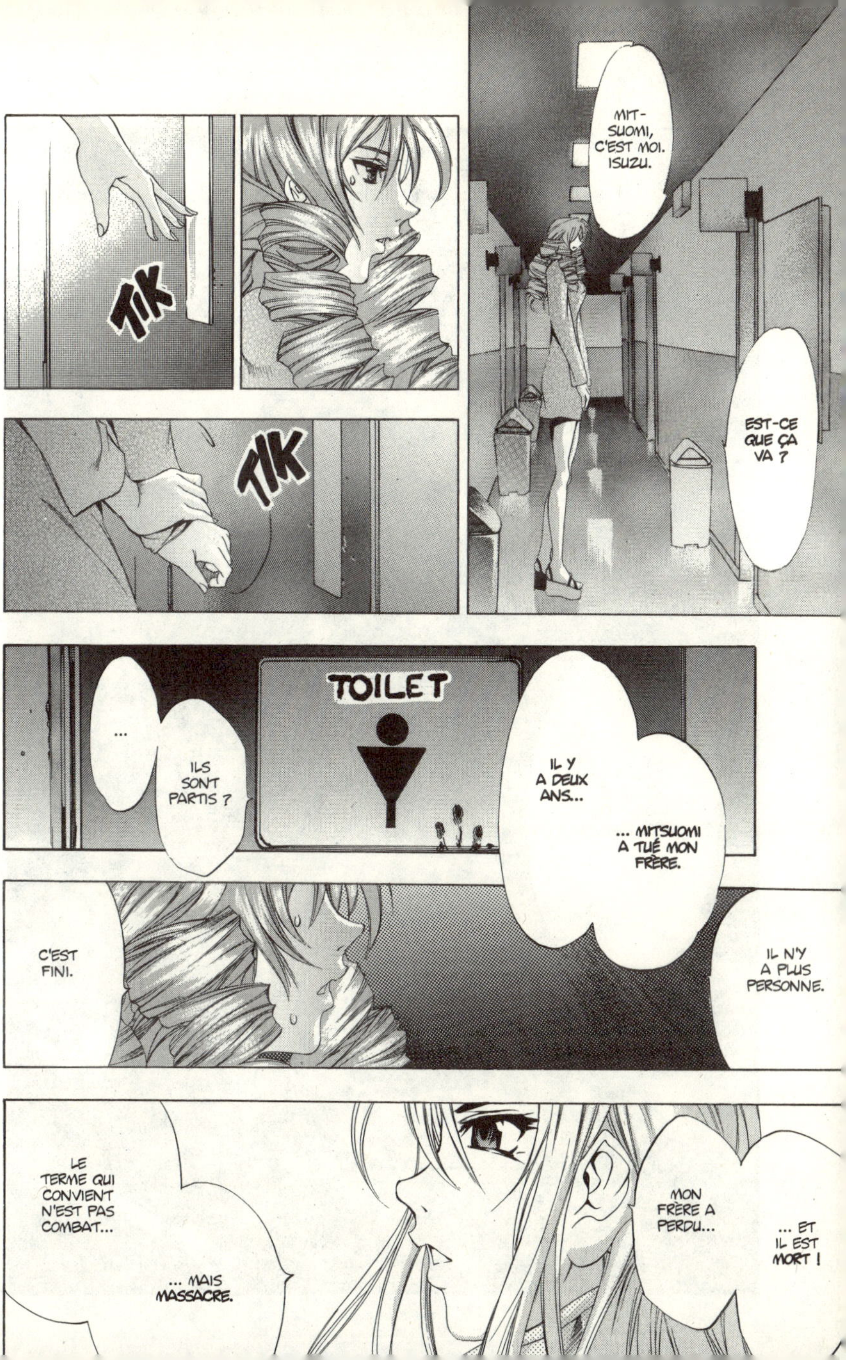
MIT-SUOMI, C'EST MOI. ISUZU.
EST-CE QUE ÇA VA ?
TIK
TIK
TOILET
...
ILS SONT PARTIS ?
IL N'Y A PLUS PERSONNE.
C'EST FINI.
IL Y A DEUX ANS...
... MITSUOMI A TUÉ MON FRÈRE.
MON FRÈRE A PERDU...
... ET IL EST MORT !
LE TERME QUI CONVIENT N'EST PAS COMBAT...
... MAIS MASSACRE.

TOILET
MAIS LA MORT DE SHIN...
... A DAMNÉ L'ÂME DE MITSUOMI...!

MAINTE-NANT TU SAIS TOUT.
MITSUOMI A SURVÉCU MAIS...
... MÊME S'IL N'EST PAS MORT...
... IL NE POURRA JAMAIS ATTEINDRE SON OBJECTIF.
TANT QU'IL SERA EN VIE...
MOI NON PLUS...
... JE NE POURRAI...
... JAMAIS...
... ATTEINDRE MON OBJECTIF.

J'AI UNE DETTE ENVERS BUNSHICHI.
S'IL N'ÉTAIT PAS INTERVENU, PEUT-ÊTRE QUE J'AURAIS PERDU.
TOUT À L'HEURE, JE ME SUIS FICHU DE MASATAKA...
ET MAINTENANT...
... C'EST MOI QUI SUIS BLESSÉ ...
CRITCH
CRITCH
LA HONTE...
ÇA M'ENNUIE VRAIMENT...
QUE MASATAKA ME VOIE DANS CET ÉTAT.

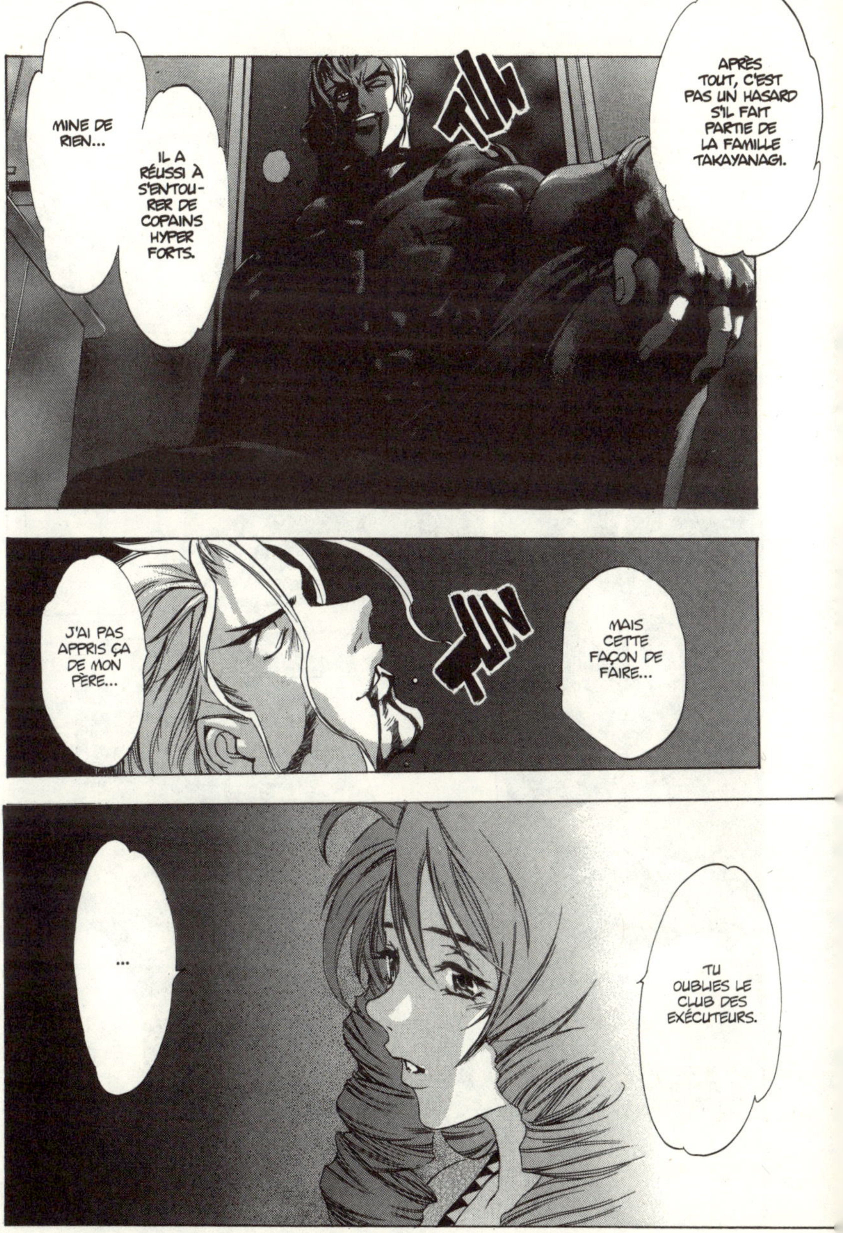

APRÈS TOUT, C'EST PAS UN HASARD S'IL FAIT PARTIE DE LA FAMILLE TAKAYANAGI.
TUN
MINE DE RIEN...
IL A RÉUSSI À S'ENTOU-RER DE COPAINS HYPER FORTS.
MAIS CETTE FAÇON DE FAIRE...
TUN
J'AI PAS APPRIS ÇA DE MON PÈRE...
TU OUBLIES LE CLUB DES EXÉCUTEURS.
...

SI TU NOUS ORDONNES DE MOURIR, ON OBÉIRA.
ON EST TOUS D'ACCORD LÀ-DESSUS... MOI, UEDA, ET LES AUTRES RESPONSABLES.
ON PARTAGE UN LIEN TRÈS FORT AVEC TOI.
ALORS, CONTINUE À VIVRE. POUR NOUS...
... ET POUR TOI-MÊME.
AU MOINS UN JOUR DE PLUS !
NOUS TE PROTÉGERONS.
AIE CONFIANCE EN MOI.

...
JE PEUX ENTRER, MAINTE-NANT ?
NON.
J'ARRIVE...
MAIS D'ABORD, RETOURNE-TOI.
COMME... COMME TU VEUX.

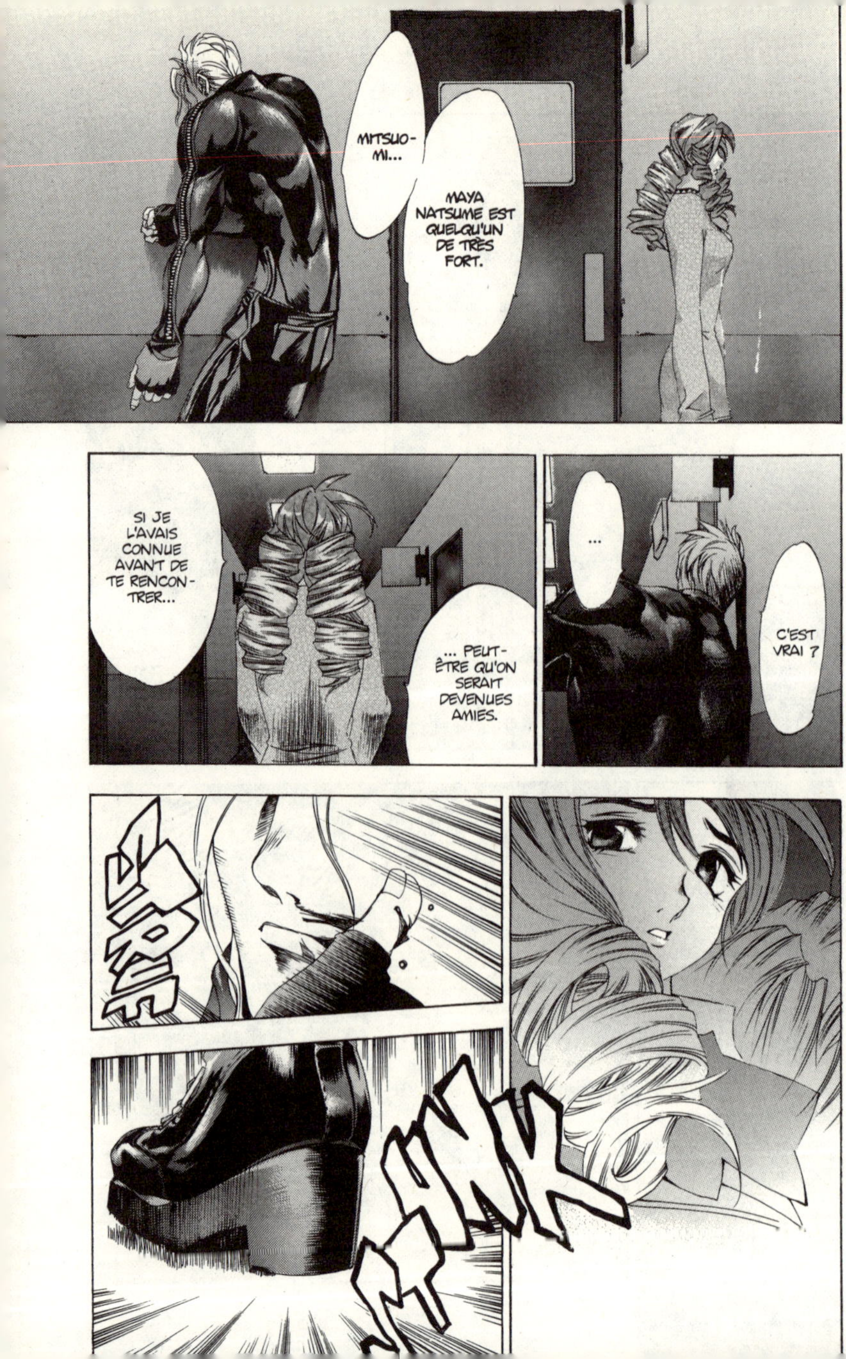
MITSUOMI...
MAYA NATSUME EST QUELQU'UN DE TRÈS FORT.
SI JE L'AVAIS CONNUE AVANT DE TE RENCONTRER...
... PEUT-ÊTRE QU'ON SERAIT DEVENUES AMIES.
...
C'EST VRAI ?

TUM
TUM
TUM
J'AURAIS AIMÉ TE RENCON-TRER AVANT DE CONNAÎTRE MAYA...
TUM
TUM
TUM
MOI AUSSI...

TUM TUM

SPOK
SPOK
RES-SAISIS-TOI...
SPOKK
SPOK
SPOK
SWOOM
MM... IL N'A PAS ENCORE REPRIS SES ESPRITS.
DEBOUT, PETIT.
AYA SERA PAS CONTENTE DE TE VOIR COMME ÇA...
AH ?
GRAB
VIPOK
GUAGH.
TU M'AS FAIT MAL !
JE PEUX SAVOIR OÙ TU VEUX EN VENIR, VIEUX SCHNOCK ?
HEIN ?!
PAF

TSK.
ET TOI, TAKAYANAGI, QU'EST-CE QUE TU FABRIQUES ?
CRONCH
...
SOICHIRO, ÇA VA PAS, NON ?
PARFOIS, IL ME FAIT PEUR.
IL EST OÙ, L'AUTRE ?
HEIN ?
HÉ !
WIIG
QU'EST-CE QUI S'EST PASSÉ ?
WIIG
HOP
ALLEZ
COURAGE
HOP HOP HOP
NE LE TOUCHE PAS !
!!
PAF
AH...
MAIS...?
ET L'ÉTRANGER, IL EST PAS ENCORE DEBOUT ?
FAIS VOIR.

BOB !
NON...
J'AI REPRIS CONNAISSANCE DEPUIS UN MOMENT... MÊME SI J'AI PAS BOUGÉ ...
...
ET J'AI TOUT ENTENDU.
BOB !
LAISSE TOMBER LE CLUB...
... AVANT QUE ÇA DÉGÉNÈRE COMPLÈTEMENT !
QUITTE L'INSTITUT ET VIENS DANS MON ÉCOLE !
!!
TU ES LIBRE DE FAIRE CE QUE TU VEUX.

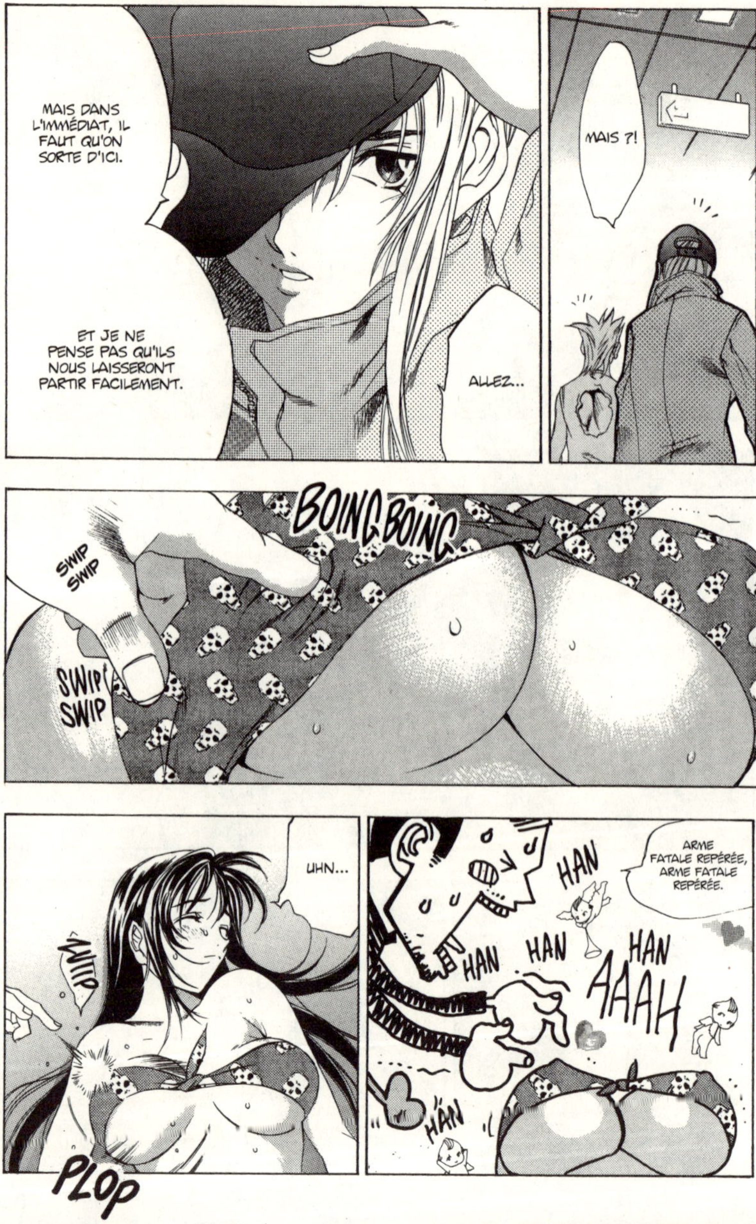
MAIS DANS L'IMMÉDIAT, IL FAUT QU'ON SORTE D'ICI.
ET JE NE PENSE PAS QU'ILS NOUS LAISSERONT PARTIR FACILEMENT.
ALLEZ...
MAIS ?!
BOING BOING
SWIP SWIP
SWIP SWIP
UHN...
TWIIP
PLOP
ARME FATALE REPÉRÉE, ARME FATALE REPÉRÉE.
HAN
HAN HAN
HAN
AAAH
HAN

NAGI
HÉ, VIEUX !
GRRR
GRR
QUI ES-TU ?
LA MORT PEUT-ÊTRE OU LE PARRAIN ?
ÇA TE DIRAIT UN PLONGEON EN MER, LES PIEDS DANS UN BLOC DE CIMENT ?
CRASE, PETIT, ET LAISSE-MOI SAVOURER LES DÉLICES DU CORPS FÉMININ.
HANF
PLIC
PLIC
HANF
GLATCH
GLATCH
?
ET PUIS, JE SUIS PAS SI VIEUX QUE ÇA. JE M'APPELLE BUNSHICHI TAWARA ET JE SUIS EN TROISIÈME ANNÉE.
J'AI QUE VINGT ANS.
HEIN ? VINGT ANS ?
EN 3ÈME ANNÉE ?
ON M'APPELLE DOUBLE IMPACT TAWARA !
C'EST PAS POUR ME VANTER, MAIS C'EST LA TROISIÈME FOIS QUE JE REDOUBLE !
ALORS, FAIS GAFFE À CE QUE TU DIS !

IL EST BIZARRE, NON ?
JE SAIS PAS QUOI DIRE.
BRR...
BRR...
J'AI MAL PARTOUT !
ME FAIS PAS RIRE ...
ON A TROUVÉ PLUS BÊTE QUE NOUS ! J'Y CROIS PAS !!!
REGARDE-MOI CE CON !
MON FRÈRE... IL A DIT QUELQUE CHOSE...
... SUR MOI ?
...
NON...
TA-WA-RA...
HÉ !

C'EST VRAI ?
NE LE BOUGEZ PAS. VOUS RISQUERIEZ DE LUI CAUSER DES LÉSIONS CÉRÉBRALES.
EST-CE QUE L'UN D'ENTRE VOUS PEUT PORTER AYA SUR SON DOS ?
AH...
EUH... MOI, JE VEUX BIEN...
ÇA VA PAS LA TÊTE ?!
GRAB
SEIN
T'ES PAS EN ÉTAT DE TRANS-PORTER UN BLESSÉ.
POK
ARGH !

UNE FOIS QUE TOUTE CETTE HISTOIRE SERA RÉGLÉE...
... IL FAUT QU'ON SE METTE BIEN D'ACCORD SUR UN POINT.
JE NE VEUX PLUS ME FAIRE MASSACRER AU COURS D'UN COMBAT.
LA TERRIBLE BATAILLE DE CETTE NUIT...
MOI AUSSI, J'EN AI BAVÉ.
ARRÊTE, TU VEUX ?

N'A PAS DURÉ PLUS D'UNE DEMI-HEURE.
MAIS VU LE NOMBRE DE BLESSÉS, ELLE VA ENTRER DANS LES ANNALES DE L'INSTITUT.
DE FACE, ELLE EST TOP...
... MAIS DE DOS, ELLE EST PAS MAL NON PLUS...
THANK YOU...
JE N'AI PAS ENCORE COMPRIS POURQUOI MON FRÈRE A CRÉÉ LE CLUB DES EXÉCUTEURS.
MAIS JE SUIS BIEN DÉCIDÉ À LE DÉCOUVRIR, MÊME SI ÇA DOIT ME PRENDRE TOUTE LA VIE.

POUR ÉVALUER LE DANGER QUE REPRÉSENTE NOTRE CLUB...
LE CLUB DES EXÉCUTEURS N'A PAS LÉSINÉ SUR LES MOYENS.
MAIS LE CLUB DE JUKEN EST RODÉ MAINTENANT. NOTRE ORGANISATION EST SOLIDE.
ET MALGRÉ NOTRE EFFECTIF RÉDUIT...
... ON N'EST QUE CINQ...
... NOS DEUX CENTS ADVERSAIRES N'ONT PAS RÉUSSI À NOUS MASSACRER.

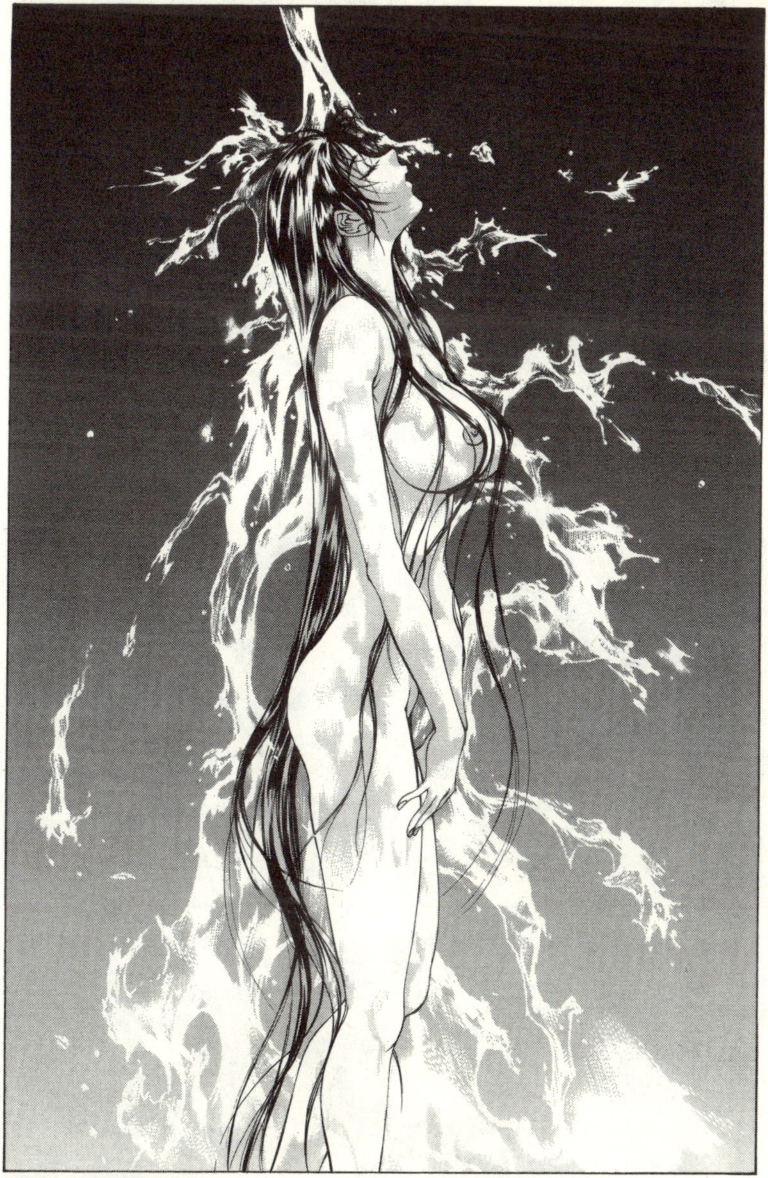

VINGT-DEUXIÈME
ROUND

WUOSH

WOODOO
WODO
WOOH
C'EST...
... DÉJÀ L'ÉTÉ.
WOO
WOO
WOO
MITSUOMI...

UHM
UNE PHOTO DE MITSUOMI...
AYA, T'ÉTAIS PAS PARTIE PRENDRE UNE DOUCHE ?
MAYA, TU PEUX PLUS T'EN PASSER, HEIN ?
ELLE T'ABSORBE TELLEMENT QUE TU M'AS PAS ENTENDUE ARRIVER...
MAYA, TU FERAIS MIEUX DE TE PRÉPARER...
... SINON, ON VA ÊTRE EN RETARD.
WUIP
AHHH !
SBRANNNG
AYA, TU FERAIS MIEUX DE TE PRÉPARER...
... SINON, ON VA ÊTRE EN RETARD.
OH LA VACHE...

YAWN...
AHH
GUH
DRIIIIIIIIIIIIIIIN
DRIIIIIIIIIIIIIIIIIIN
DRIIIIIIIIN
DRIIIIN
OH NON, IL EST À PEINE HUIT HEURES...
POURQUOI FAUT-IL QU'ON SE LÈVE SI TÔT ?
TOC
HEIN ?

AAAH ?!
JE VIENS JUSTE D'ARRIVER.
CETTE PASTÈQUE EST UN CADEAU.
QU'EST-CE QUE TU FOUS À LA MAISON ?
COUGH
COMMENT ÇA "À PEINE" HUIT HEURES ? TU VEUX DIRE "DÉJÀ" HUIT HEURES !
ARGH...
JE... J'ETOUFFE...
SI TU VEUX, JE T'EN PRÉPARE UNE TRANCHE, SOICHIRO.
TU AS FAIM ?

JE ME TROMPE OU TES BLESSURES SE SONT AGGRAVÉES ?
LAISSE, JE M'OCCUPE DU P'TIT DÉJ'.
REPOSE-TOI.
T'EN FAIS PAS POUR MOI.
QUEL SOUK !
SOICHIRO...
DIS-MOI...
IL Y A QUELQUE CHOSE QUI TE TITILLE ?
HEIN ?
TON "DRAGON" EST SUR LE QUI-VIVE.

HAN...
UR... GHH.
GWOOON
HAN... QU'EST-CE QUE C'EST LOURD, CE TRUC...
MASATAKA.
NE M'ATTENDS PAS POUR DÎNER. J'AI UN CONSEIL D'ADMINISTRATION.
DÉBROUILLE-TOI POUR TE PRÉPARER À MANGER.
OK.

J'AI ENTENDU DIRE QUE TU AVAIS EU UNE PETITE ALTERCATION AVEC MITSUOMI.
IL N'EXISTE PLUS AUCUN LIEN ENTRE NOUS ET LE CLAN PRINCIPAL.
LA PROCHAINE FOIS, LAISSE-LE TRANQUILLE.
...
AU FAIT, MASATAKA...
TU ES AMOUREUX ?
HEIN ?!
TOUS LES MATINS, LES SLIPS QUE TU METS AU SALE SONT TACHÉS...
AAAAAH !!
ÇA SE DIT PAS, CES CHOSES-LÀ !

AHH...
MM...
FRR FRR
AH...
PALP
PALP
AHH !
FRR
AHH...!
CHIAKI, ON VA ÊTRE EN RETARD...
GUTCH
OOHH...
AHH...
GUTCH
NGH...
GUTCH
GUTCH

AHH... J'AI DÉJÀ DÉCIDÉ... ALORS...
T'EN FAIS PAS...
HEIN ?
TU TE PRÉOCCUPES DE L'HEURE ? C'EST NOUVEAU, ÇA !
JE M'INQUIÈTE PAS POUR MOI, MAIS POUR TOI.
AU LIEU DE COMBATTRE À LONGUEUR DE TEMPS...
... TU ME FERAS L'AMOUR TOUS LES JOURS ET ON DORMIRA JUSQU'À MIDI. COOL, NON ?
AH !
AH
ET PUIS TOI AUSSI, TU N'AS QU'À QUITTER L'INSTITUT.
J'ARRÊTE L'ÉCOLE. JE VAIS TRAVAILLER.
COMME ÇA, ON POURRA VIVRE ENSEMBLE.
AH...
AHH...
AAAAH !♥
JE BLAGUE PAS...
AHH...♥
NE DIS PAS DE CONNERIES...
OK ?!

AVEC LA CHALEUR QU'IL FAIT, TU T'HA-BILLES ENCORE COMME ÇA ?!
C'EST MON STY-LE.
ON FINIRA CE SOIR.
SNAP
ALLEZ, BOB... ♥
MM... MITSUOMI...
ELLE RENONCE JAMAIS...
BONJOUR, SENPAI !
?
AH... BON-JOUR...
FRUSH
FRUSH
AH... EUH... TAKAYA-NAGI...
IL EST ARRIVÉ TÔT CE MATIN.
MM ...
OH, RE-GARDE. MASATA-KA...

À EUX CINQ, ILS ONT TENU TÊTE À DEUX CENTS MEMBRES DU CLUB DES EXÉCUTEURS...
ILS ONT PAS L'AIR TRÈS FORTS POURTANT...
DOMMAGE. MAYA S'EST HABILLÉE COMME UNE GAMINE AUJOURD'HUI.
FRUSH
FRUSH
FRUSH
FRUSH
LE CLUB DE JUKEN.
LE CLUB DE JUKEN.
JUSQU'ICI, C'ÉTAIT UN PARCOURS DE SANTÉ, LES GARS, MAIS À PARTIR DE MAINTENANT, L'ENTRAÎNEMENT SÉRIEUX COMMENCE.
ON VA VOIR CE QUE VOUS VALEZ VRAIMENT.
BOB, T'AS VU COMME ON EST DEVENUS CÉLÈBRES ?
HEIN ?
OUAIS.
FIUW
OH...
MM, LE COMITÉ D'ACCUEIL EST AU COMPLET. JE SENS QU'ON VA BIEN S'AMUSER.

NAT-SUME...
AS-TU UN MOMENT, S'IL TE PLAÎT ?
BONJOUR, MAÎTRE TOUDOU.
C'EST QUI, LE VIEUX ?
IMBÉCILE ! C'EST UN PROF DE L'ÉCOLE !
MM...
BON, ALLONS-Y.
QUEL PLAISIR DE VOUS RENCONTRER !
ALORS Y A DE VRAIS PROFS DANS CETTE ÉCOLE ?
J'Y CROIS PAS !!
IL EST BIZARRE EN PLUS !
MM... C'EST LA PREMIÈRE FOIS QUE J'EN VOIS UN.
ALORS TÂCHEZ D'ÊTRE À L'HEURE.
JE VAIS FAIRE UN DISCOURS IMPORTANT AUJOURD'HUI.
HÉ, VOUS !
HEIN ?!
!!

WUSH
SWUPP
ARRÊTE UN PEU, TU VEUX ?
MÊME SI ON N'EST QU'EN PREMIÈRE ANNÉE, PERSONNE N'OSE NOUS DÉFIER. INCROYABLE !
AH AH AH, C'EST TROP DRÔLE !
TRUSH
TRUSH

C'EST LUI QUE LE TROISIÈME CLUB DE KENDO ATTENDAIT SI IMPATIEM-MENT.
CE GARÇON VIENT DE ITTORYU HOKUSHIN... IL S'APPELLE KANAKITA.
IL VEUT COMMENCER TOUT DE SUITE.
Y A ENCORE DES GENS COURAGEUX DANS CETTE ÉCOLE...
T'ES CONTENT DE TOI ?
AH... ♥

LA MOITIÉ DES MEMBRES DU TROISIÈME CLUB DE KENDO A FINI À L'HÔPITAL APRÈS LA BAGARRE AU BOWLING.
MAIS IL EXISTE BEAUCOUP D'AUTRES CLUBS DU MÊME GENRE.
IL FAUT DONC S'ATTENDRE À D'AUTRES CONFLITS.
MM...
UFF
QU'EN PENSES-TU, NATSUME ?
J'AI BATTU RYUZAKI...
... ET LAISSÉ EN SUSPENS UNE AFFAIRE AVEC LE CLUB DES EXÉCUTEURS...
ILS ONT PRIS ÇA COMME UN AFFRONT TRÈS GRAVE. C'EST POUR ÇA QU'ILS NOUS ONT ATTAQUÉS L'AUTRE JOUR.
TOUT EST MA FAUTE.
MM...
JE NE CROIS PAS QU'UNE SANCTION PUISSE CHANGER GRAND-CHOSE...
... MAIS EN TOUT CAS, ÇA POURRAIT METTRE UN FREIN AUX VENGEANCES PERSONNELLES.
QU'EN PENSEZ-VOUS ?
MM...

...
LE CONSEIL DES PROFESSEURS EST SUR LE POINT DE SE RÉUNIR POUR DISCUTER DE CETTE AFFAIRE.
JE TE DEMANDE D'ATTENDRE UN PEU.
MÊME SI...
... TU FERAIS MIEUX DE TE FAIRE UNE RAISON...
AH AH AH AH AH AH AH !
FAITES-VOUS UNE RAISON.
ÇA VAUT MIEUX POUR VOUS.
TENEZ, ÇA VOUS SERA UTILE.
J'AIME PAS ME BATTRE CONTRE DES ADVERSAIRES DÉSARMÉS.
WUUUP
TU PARLES D'UN CRÉTIN !
AVEC ÇA, TU N'AS AUCUNE CHANCE DE NOUS BATTRE.
FIUW
NE ME DIS PAS QUE TU CROIS ENCORE AU CODE DES SAMOURAÏS.
GRAB
NON NON NON...
POUR MOI, C'EST UN BOULOT DE ROUTINE.

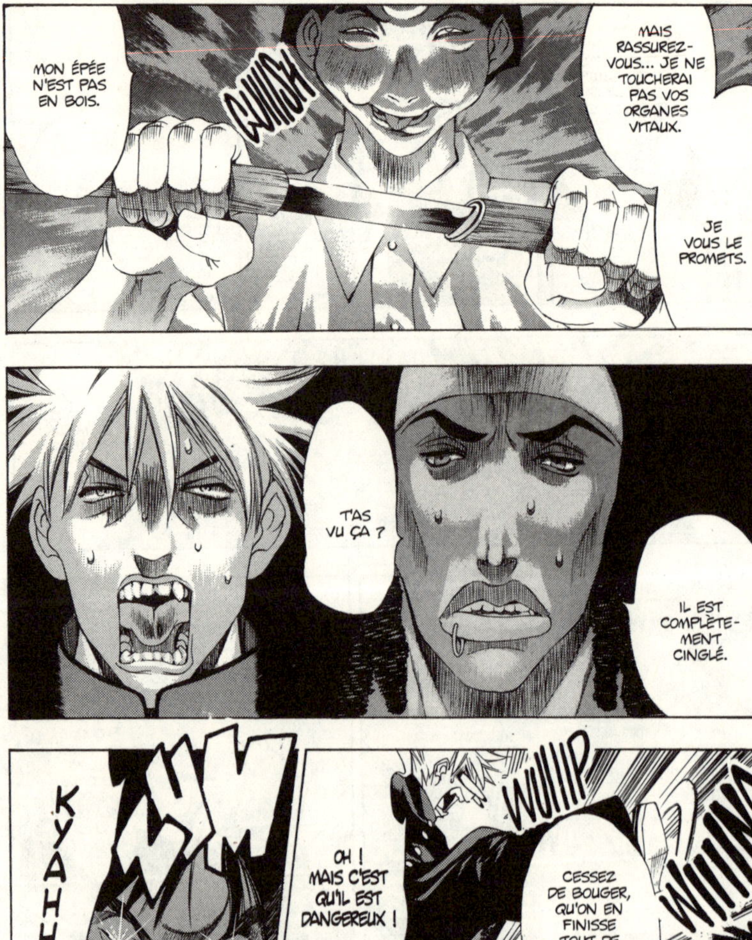
MON ÉPÉE N'EST PAS EN BOIS.
GWISH
MAIS RASSUREZ-VOUS... JE NE TOUCHERAI PAS VOS ORGANES VITAUX.
JE VOUS LE PROMETS.
T'AS VU ÇA ?
IL EST COMPLÈTEMENT CINGLÉ.
KYAHH !!
ZHM
OH ! MAIS C'EST QU'IL EST DANGEREUX !
WUIIP
WIIING
CESSEZ DE BOUGER, QU'ON EN FINISSE TOUT DE SUITE.
JE SUIS SÛR QUE VOUS ALLEZ ADORER
SI VOUS RÉSISTEZ, VOUS SOUFFRIREZ INUTILEMENT.
WIIING

* KAPPA = CRÉATURE MYTHIQUE JAPONAISE. AMPHIBIE, DE PETITE TAILLE, AVEC AU SOMMET DU CRÂNE UN TROU CONTENANT DE L'EAU, ET DOTÉ D'UNE CARAPACE DE TORTUE. PUISSANT ET DANGEREUX, IL INFESTE LES RIVIÈRES, LES ÉTENDUES D'EAU... ET PARFOIS, LES RÉDACTIONS.

CERTAINES TECHNIQUES DE CONCENTRATION REQUIÈRENT DU TEMPS...
TU DOIS DONC TE SACRIFIER POUR ME FAIRE GAGNER DE PRÉCIEUSES SECONDES. ESSAIE DE FAIRE DIVERSION PENDANT QUE JE ME PRÉPARE...
OK !!
KRIK
KRIK
KRIK
HEY !
HÉ ! TU VAS OÙ ?
C'EST PAS POSSIBLE.
ZWIN
!!

LES SENPAIS M'ONT DEMANDÉ DE FAIRE EN SORTE QUE TA MORT AIT L'AIR D'UN ACCIDENT, MAIS...
... JE ME CONTENTERAI D'UN BRAS...
JE SUIS SYMPA, NON ? ♥
MAUDIT KAPPA...!
IL NE RIGOLE PAS !
SOICHIRO !!

QUOI ?!
POUSSE-TOI !!

MPF ! C'ÉTAIT DU BLUFF...!
JE VAIS T'EXPLOSER LES JAMBES !

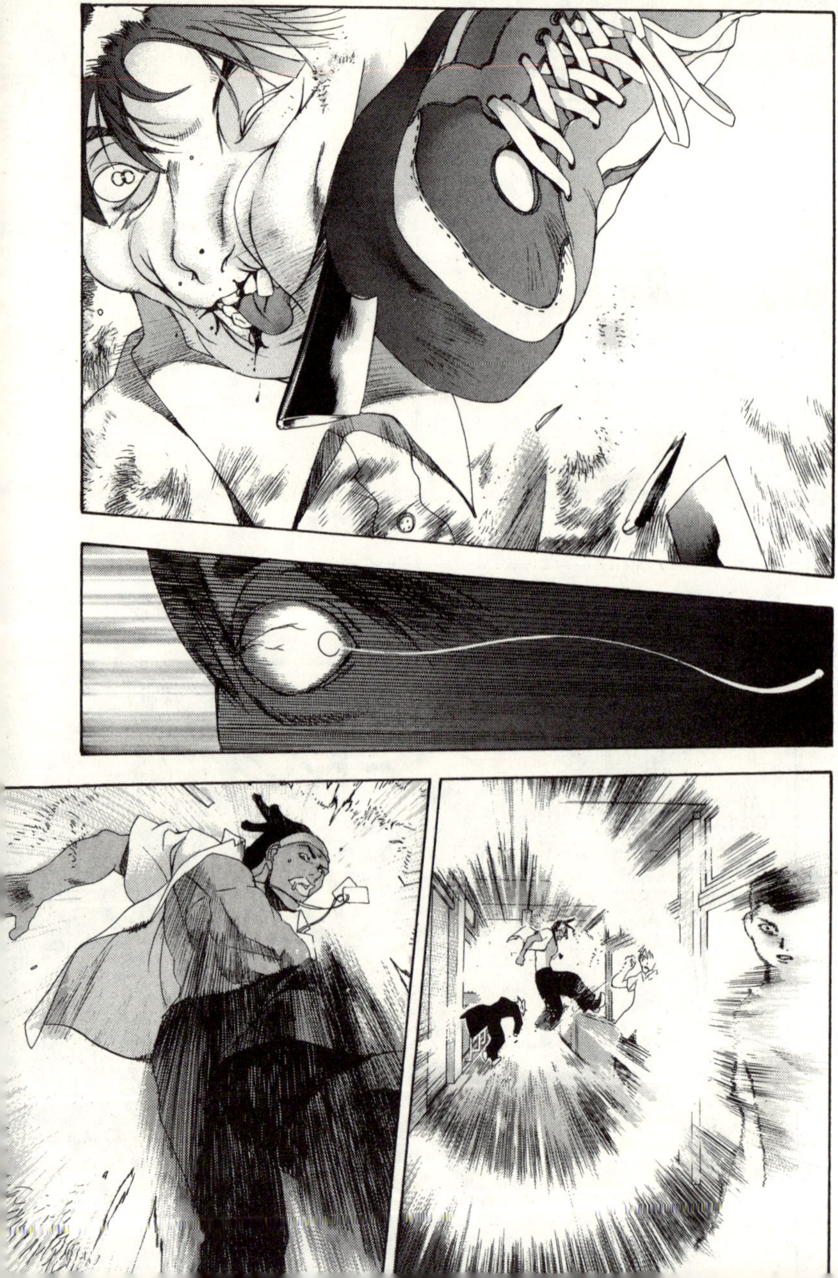

MÊME KANEMOTO N'A PAS RÉUSSI À LES ARRÊTER !
TU DEVAIS PAS ME LAISSER LÀ ET DÉTALER EN VITESSE ?
T'AS VU OÙ ELLE S'EST PLANTÉE ?
AAAAH
BIEN, VAS-Y !
MÊME SI L'ADVERSAIRE NE PLAISANTE PAS, IL NE PEUT RIEN FAIRE CONTRE UNE TELLE FORCE.
OUI !!
PAFF
OUI, OUI...
EST-CE CLAIR ?
BREF, LA DÉCISION APPARTIENT AU CONSEIL DES PROFESSEURS...

NAT-SUME...
ENCORE MERCI POUR TOUT, PROFESSEUR.
EXCUSEZ-MOI POUR LE DÉRANGEMENT.
FRU FRUSH
CES DEUX GARÇONS ONT FAIT DES PROGRÈS IMPRESSIONNANTS...
MAIS ON PEUT PAS DIRE QUE CE SOIT GRÂCE À MES LEÇONS.
TOUS CES COMBATS LEUR ONT PERMIS DE DÉVELOPPER LE POTENTIEL...
L'ÉTÉ...
LES ÉPREUVES DE QUALIFICATION VONT BIENTÔT COMMENCER.

S'ILS AVAIENT DÉBARQUÉ ICI AVANT...
AH, S'ILS ÉTAIENT ARRIVÉS DEUX ANS PLUS TÔT...
... QU'ILS AVAIENT DÉJÀ EN EUX.
WUSH
ON N'EN SERAIT PEUT-ÊTRE PAS LÀ...
WUSH
LE DISCOURS IMPORTANT DONT JE VOUS PARLAIS...
WUSH
WUSH
WUSH
DONC ...
WUSH
WUSH
WUSH

HEIN ?
MAIS... MAYA ?!
TU QUITTES L'ÉCOLE ?

VINGT-TROISIÈME
ROUND

TU NE TROUVES PAS QUE C'EST MIEUX AINSI ?
MM ?
IL SEMBLE QUE LA DÉCISION DE NATSUME SOIT IRRÉ-VOCABLE.
SWUSH
SWUSH
SWUSH
SWUSH

* *LE DAITORYU EST CONSIDÉRÉ COMME L'ANCÊTRE DU JIU-JITSU ET DE L'AÏKIJIU-JITSU QUI, À LEUR TOUR, ONT DONNÉ NAISSANCE À D'AUTRES ÉCOLES. EN FAIT, LE MOT "DAITORYU" EST FORMÉ DES MOTS "DAITO", GRANDE ÉPÉE, ET "RYU", TRADITION (DÉSIGNANT ICI L'ENSEMBLE DES TECHNIQUES QUI DISTINGUENT UNE ÉCOLE D'UNE AUTRE).*

TU QUITTES...
... L'ÉCOLE ?
MAIS POURQUOI ?
ME DIS PAS QUE TU T'ES FAIT GAULER EN TRAIN DE PIQUER DANS UN MAGASIN ?
REMARQUE, JE TE COMPRENDS, AVEC TOUTES CES VENDEUSES QUI FONT SEMBLANT DE DORMIR...
HÉ, PRENDS PAS TON CAS POUR UNE GÉNÉRALITÉ !
...
C'EST À CAUSE DE CE QUI S'EST PASSÉ AU BOWLING ?
VOUS FAITES FAUSSE ROUTE.
EN FAIT, C'EST UNE DÉCISION QUI COULE DE SOURCE.
SURTOUT MAINTENANT...
... QUE LE CLUB DE JUKEN DAME LE PION AU CLUB DES EXÉCUTEURS.

TOUT SE PRÉSENTE BIEN.
COMME JE QUITTE L'ÉCOLE DE MON PLEIN GRÉ...
... JE CONTINUERAI À ASSISTER AUX COURS JUSQU'À LA FIN DU SEMESTRE.
...
IL NE RESTE PLUS QU'UN MOIS, MAIS...
AU COURS DES PROCHAINES SEMAINES, J'AI L'INTEN-TION DE ME DONNER À FOND.
...
BELLE JOURNÉE, HEIN, MON GARÇON ?
JE PENSAIS QUE TU VENAIS ASSISTER À MON COURS, MAIS EN FAIT, TU ES LÀ POUR TE FAIRE BRONZER...
TU PEUX RÉPÉTER CE QUE JE VIENS D'EXPLIQUER ?
JE SUIS DÉSOLÉ, MAIS JE N'ÉCOUTAIS PAS.
ISTOIRE
JAPON

À CAUSE DE TOI...
... L'ÉCOLE VIENT DE PERDRE DU MATÉRIEL.
WHOOM
CRIK
KLAK
CRIK
CRIK
GRAB
RÉPONDS-MOI ENCORE UNE FOIS SUR CE TON, ET...
HEIN ?
LA PROCHAINE FOIS, C'EST TA TÊTE QUE JE CASSE EN DEUX.

DIS, ÇA T'ENNUIERAIT DE ME LÂCHER ?
TES MAINS...
ELLE PUENT LE POISSON POURRI.
QUOI ?!
C'EST VRAI ?
IL PLAÎT PAS AUX FEMMES.
EH EH
TU AS DU CRAN, PETIT...
ÇA SUFFIT, SOICHIRO.
UMPF !
PAUVRE NATSUME.
DEVOIR QUITTER L'ÉCOLE POUR PROTÉGER DES SALES GOSSES COMME VOUS...
T'EN FAIS UNE TÊTE, TOI ?
WUP
TUMP
TUMP
VOUS CROYEZ PAS QUE LES PROFS D'ICI SONT DE VRAIS ENSEIGNANTS, HEIN ?

GRIND
MPF !
PLIC
PLIC
STRAAP
UAAAH
WRAP
TSK.
HÉ, PETIT !
GRRR !
UGH !
CLINK
BLOBBLOB
LAISSE TOMBER, BOB.
ÇA RISQUE DE DÉGÉNÉRER.

À TON AVIS...
... C'EST VRAI CE QU'IL A DIT ?
TU CROIS QUE MAYA...
... A L'INTENTION DE QUITTER L'ÉCOLE POUR NOUS PROTÉGER ?
CROA

REGARDE, BOB...
C'EST DES MILANS OU DES CORBEAUX ?
PIOOU PIOU
QU'EST-CE QUE T'EN PENSES ?
ILS CROASSENT COMME DES CORBEAUX, NON ?
T'AS VRAIMENT PAS D'OREILLE...
FRANCHEMENT...
JE SERAIS PAS CONTRE.
CES DERNIERS TEMPS, CHIAKI EST PLUTÔT NERVEUSE.
ÉCOUTE, BOB. JE CROIS QUE CE SONT DES CORBEAUX.
J'EN AI RIEN À SECOUER !
MOI, ÇA ME PLAÎT PAS DU TOUT.
JE PENSAIS PAS ENTRER AU LYCÉE POUR ÊTRE PROTÉGÉ PAR UNE FILLE.
QUAND J'AI SU QUE J'ÉTAIS ACCEPTÉ, J'EN AI PLEURÉ DE JOIE.

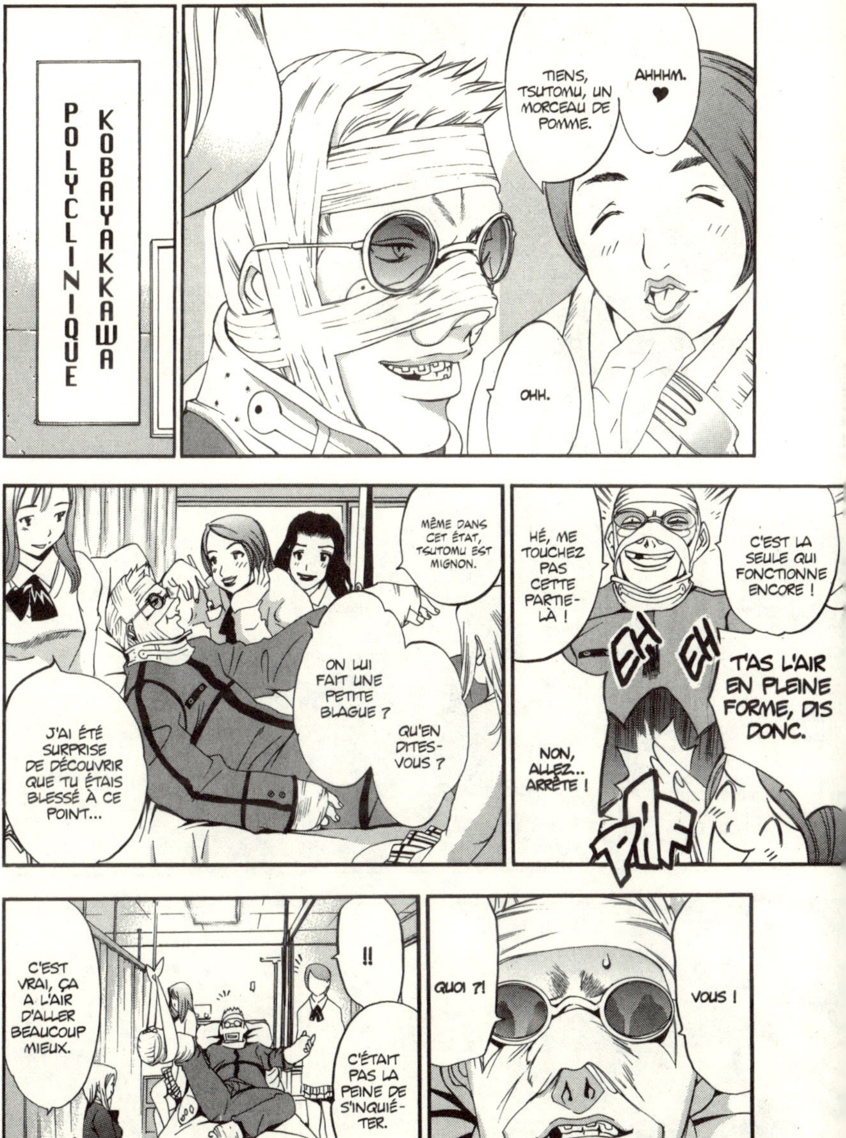
KOBAYAKKAWA POLYCLINIQUE
TIENS, TSUTOMU, UN MORCEAU DE POMME.
AHHHM. ♥
OHH.
C'EST LA SEULE QUI FONCTIONNE ENCORE !
HÉ, ME TOUCHEZ PAS CETTE PARTIE-LÀ !
EH EH
T'AS L'AIR EN PLEINE FORME, DIS DONC.
NON, ALLEZ... ARRÊTE !
PAF
MÊME DANS CET ÉTAT, TSUTOMU EST MIGNON.
ON LUI FAIT UNE PETITE BLAGUE ?
QU'EN DITES-VOUS ?
J'AI ÉTÉ SURPRISE DE DÉCOUVRIR QUE TU ÉTAIS BLESSÉ À CE POINT...
VOUS !
QUOI ?!
!!
C'ÉTAIT PAS LA PEINE DE S'INQUIÉTER.
C'EST VRAI, ÇA A L'AIR D'ALLER BEAUCOUP MIEUX.

CROCH
CROCH
SWIIRR
SALUT, RYUZAKI, ON EST VENUS T'EN REMETTRE UNE COUCHE. COMME ÇA, T'AURAS PLUS DE DOUTES SUR LA GRAVITÉ DE TES BLESSURES.
SWIRRR
VOUS ÊTES DES ORDURES !
C'EST ÇA !
DITES À VOTRE CHEF QU'IL Y A PLUS RIEN À FAIRE.
VOUS CROYEZ PAS QUE JE SUIS ASSEZ MAL COMME ÇA ?
HÉ, QU'EST-CE QUE VOUS VOULEZ ?
DES BARBARES !
TOUCHEZ À UN SEUL CHEVEU DE RYUZAKI ET VOUS AUREZ AFFAIRE À NOUS !
ATTEN-DEZ !
AHHH !
CON-TENTE DE T'AVOIR CONNU, TSUTOMU.
BON BEN, SI C'EST COMME ÇA...
BRR
BRR
CASSEZ-VOUS, LES PÉTASSES !
JE VOUDRAIS PAS ÊTRE OBLIGÉ D'ABUSER DE VOUS.

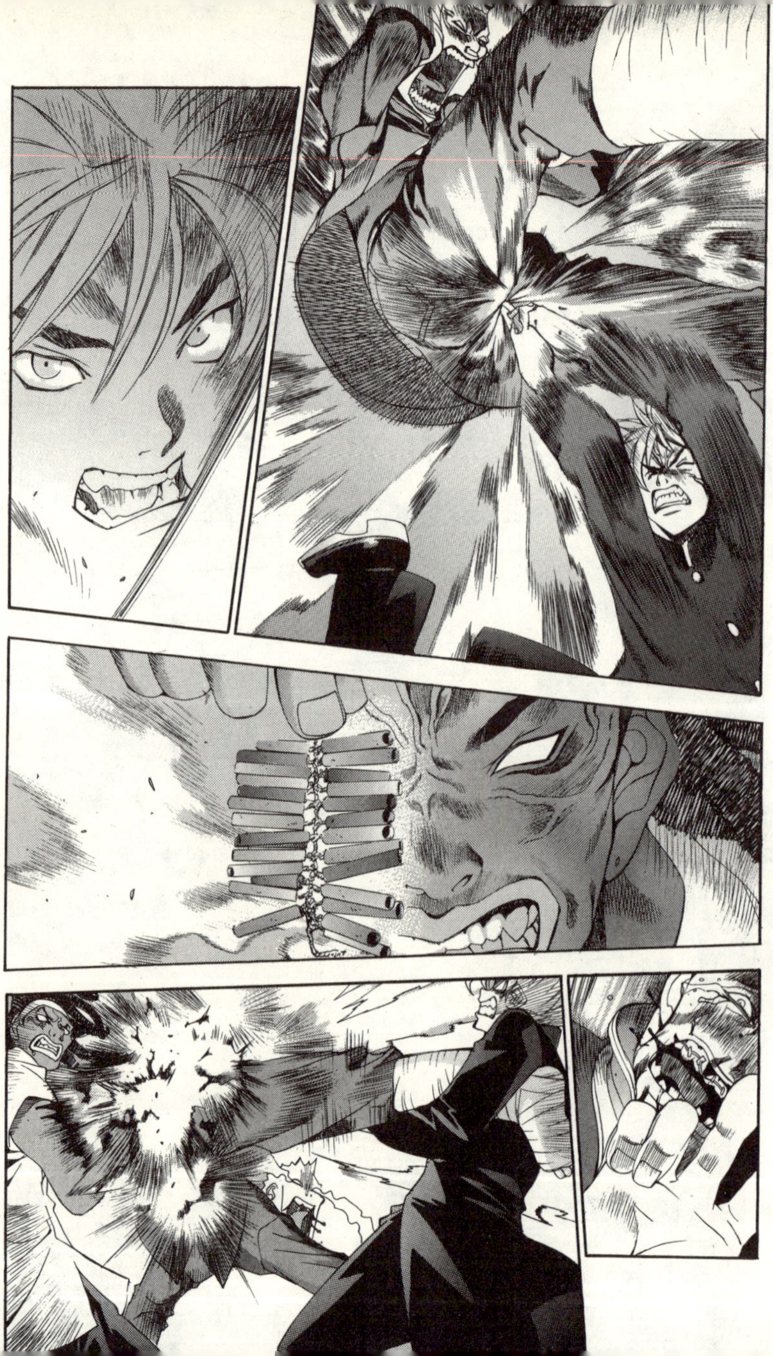

WAAAAAAH
AAAAAAAH
YAAH
GYAAH
WAAH
WAH
PIOWW
PIOWW

IL S'EST PAS RENDU COMPTE DE CE QUE J'AI VU...
LUI...

AHH...
RYU... RYU-ZAKI ?!
ZUSH
EN TOUT CAS, J'ESPÈRE QU'IL A COMPRIS LA LIMITE À PAS DÉPASSER.
ET LA LIMITE DES ACTIVITÉS SCOLAIRES.
ON AURAIT DÛ LUI ÉCRASER LES ROUSTONS.
ZUSH
ON N'A PAS ÉTÉ ASSEZ SÉVÈRES.
ZUSH
MERDE ! IL EST ENCORE EN VIE.
HUMF
HUMF
NON, J'AURAIS PAS DÛ ME RETENIR !
J'AURAIS DÛ ÊTRE PLUS AGRESSIF...
LA...
... LIMITE ?

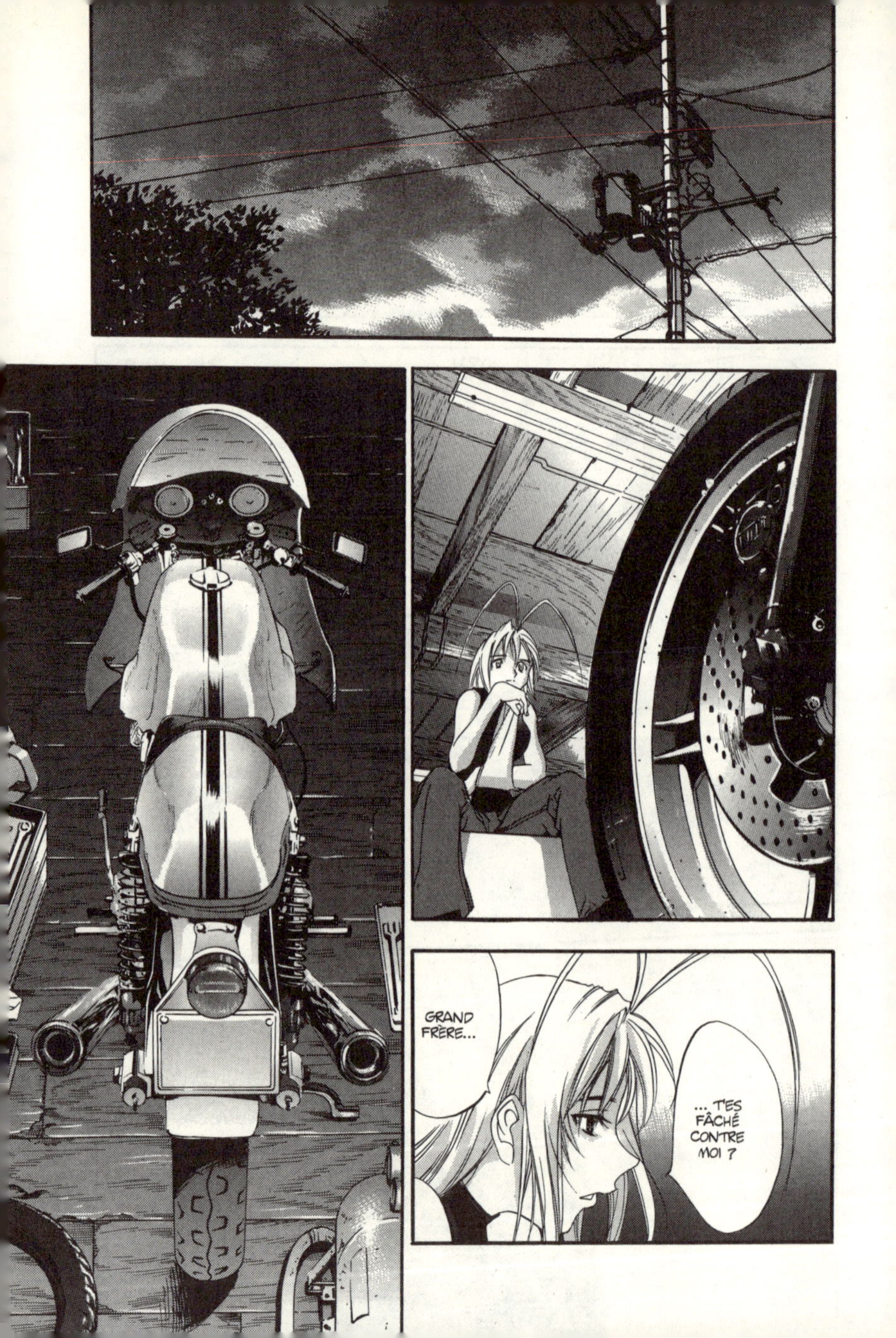
GRAND FRÈRE...
... T'ES FÂCHÉ CONTRE MOI ?

SI J'AVAIS VOULU LE BATTRE...
J'AURAIS DÛ AGIR À CE MOMENT-LÀ...
MAIS...
JE N'AI PAS BOUGÉ.
J'AI ESSAYÉ AU COURS DE CES DEUX ANNÉES, MAIS...
EXCUSE-MOI, SHIN.
JE NE PEUX PAS...
JE N'ARRIVE PAS À BATTRE MITSUOMI.
MA SOIF DE VEN-GEANCE N'EST PAS SI INTENSE QUE ÇA.

!!
!!
LA CLÉ...
C'EST PAS POSSIBLE. JE SUIS LA SEULE À POSSÉDER LA CLÉ DE CE CADENAS.
KLAK
MERDE !
IL EST PLUS LÀ !
KLAK
ILS ONT RIEN PRIS D'AUTRE !
IL MANQUE QUE ÇA DONC IL NE S'AGIT PAS D'UN VOL !

CETTE PETITE PESTE D'AYA !
ELLE A PRIS...
... LE...
... LE KATANA !
CLING

AYA AURAIT UN LIEN SPÉCIAL AVEC CETTE LAME ?
L'ESPRIT DE L'ÉPÉE...
...
INCROYA-BLE...
GLOMP

* VOIR LE PREMIER VOLUME

JUSQUE-LÀ, PERSONNE NE S'ÉTAIT APERÇU DE RIEN...
OÙ ILS SONT PASSÉS TOUS LES DEUX...?
C'EST POURTANT PAS LE MOMENT
MM...
REQUÊTE D'INTERRUPTION D'ÉTUDES
J'AI JAMAIS VU UNE ÉCRITURE AUSSI MOCHE.
SANS COMPTER LES FAUTES D'ORTHOGRAPHE ET DE GRAMMAIRE !
... ON A COMMENCÉ À SE RENCONTRER PAR HASARD.
CONSEIL DES ÉLÈVES QUARTIER GÉNÉRAL DU CLUB DES EXÉCUTEURS
MAIS PETIT À PETIT...
STRAAP
COMME ÇA, VOUS AVEZ PENSÉ QU'EN INTERROMPANT VOS ÉTUDES AVANT NATSUME, VOUS POURRIEZ L'AIDER...
VOUS AVEZ VRAIMENT UN PETIT POIS À LA PLACE DU CERVEAU.
DISPARAISSEZ, SALES MIOCHES.

HAN
HAN
HAN
HAN!
HAN
ABRÈGE. ÇA FAIT DÉJÀ PAS MAL DE TEMPS QUE J'AI PERDU TOUTE ESTIME PERSONNELLE.
ET PUIS...
JE VEUX PLUS RIEN AVOIR À FAIRE AVEC VOUS.
HAN!
HAN!
HAN!
PRENDRE UNE TELLE DÉCISION SUR UN COUP DE TÊTE, C'EST DE LA STUPIDITÉ POUR MOI.
VOUS PENSIEZ VRAIMENT QUE NATSU-ME ALLAIT APPRÉCIER VOTRE ATTITUDE ?
ALLONS, RÉFLÉCHISSEZ UN PEU...
BON, COMMENT EST-CE QU'IL FAUT QUE JE TE LE DISE ?
VOUS ÊTES TROP FAIBLES.
ÇA ME PARAÎT DIFFICI-LE...

JE VEUX PARLER À TON CHEF TOUT DE SUITE.
J'AI DÉJÀ PERDU ASSEZ DE TEMPS AVEC TOI.
TU PEUX RIEN FAIRE CONTRE NOUS.
T'ES BOUCHÉ OU QUOI, PAUVRE NAZE ?
TU AS RAISON. ON EST TROP CONS.
OH ?
NWAAAAAAAAAH
LA VIOLENCE EST LE SEUL LANGAGE QU'ON COMPRENNE.
ZWOM
OUFF...
GRAB
CRICK

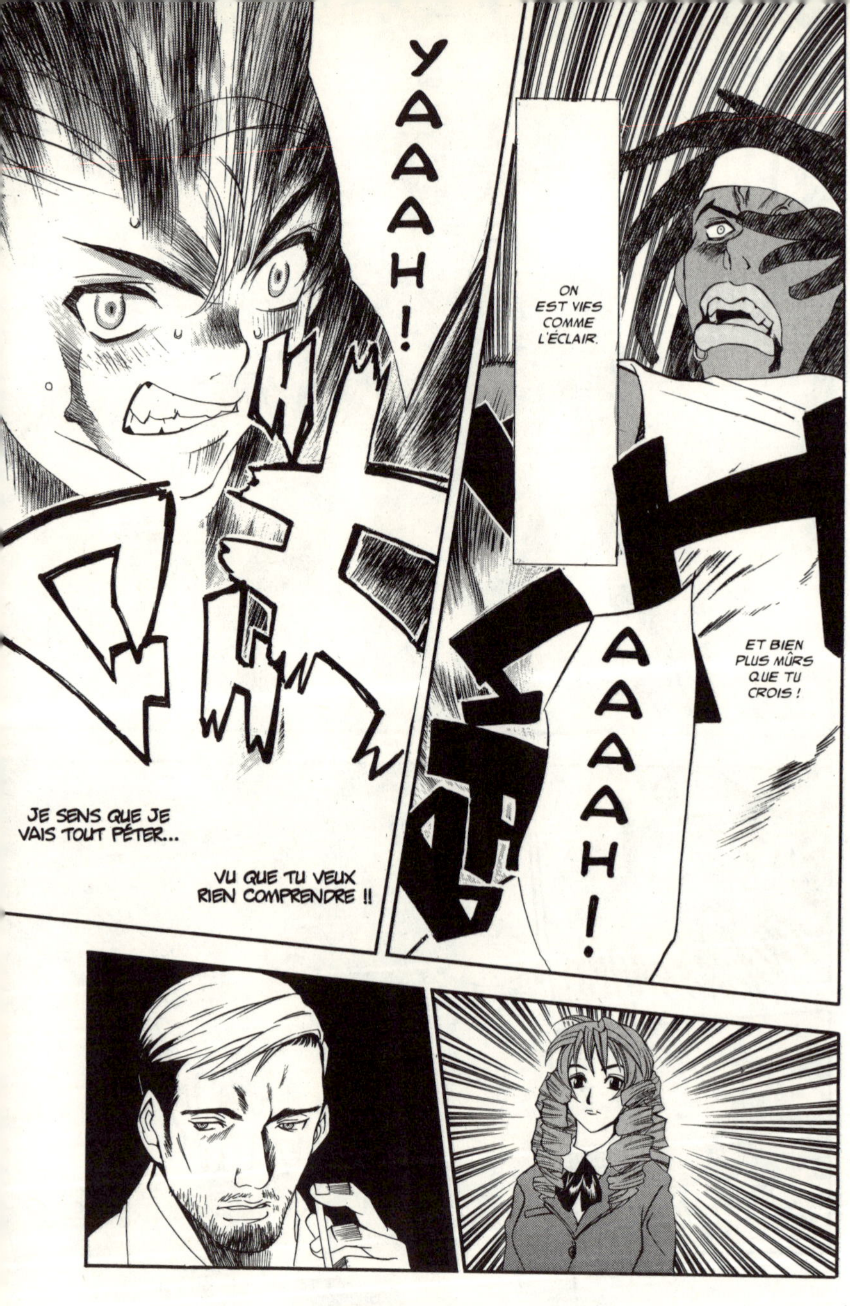
ON EST VIFS COMME L'ÉCLAIR.
ET BIEN PLUS MÛRS QUE TU CROIS !
AAAAH !
YAAAH !
JE SENS QUE JE VAIS TOUT PÉTER...
VU QUE TU VEUX RIEN COMPRENDRE !!

GAAAASH
DASH
AH ?!
STAP
ZUM
SLIP

TOUTE L'ÉNERGIE PASSE PAR LÀ.
SI ON BLOQUE LA ROTATION DE L'ÉPAULE, TOUTE LA FORCE SE DISPERSE.
GRAAB
LE POINT FAIBLE DE CETTE TECHNIQUE, C'EST LE MOUVEMENT DE L'HUMÉRUS.
HAN
ARGH !
ME SOUS-ESTIME PAS, CONNARD !

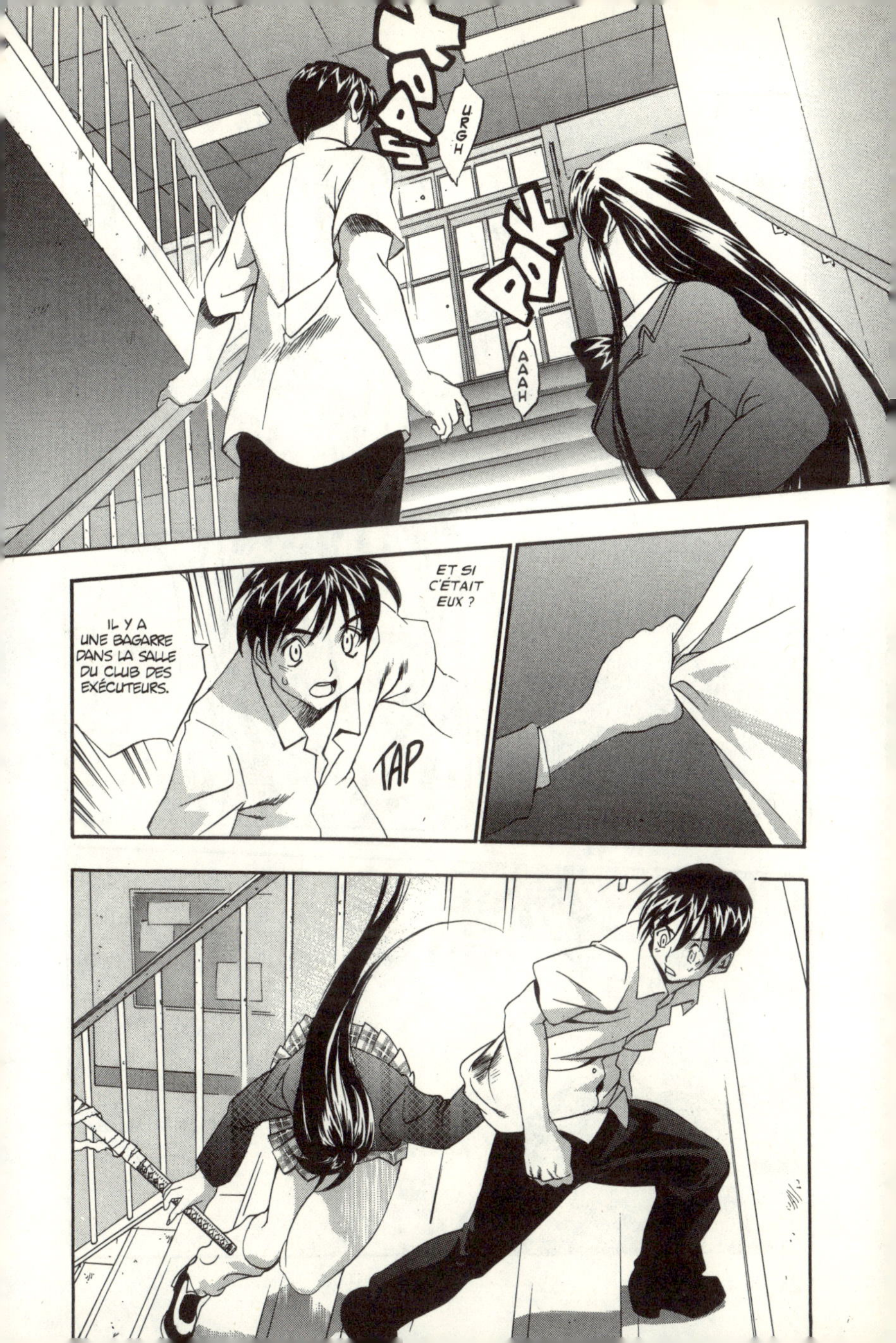

SPOK
URGH
POK
AAAH
ET SI C'ÉTAIT EUX ?
IL Y A UNE BAGARRE DANS LA SALLE DU CLUB DES EXÉCUTEURS.
TAP

HAN
HAN
HAN
AYA...
EST-CE QUE ÇA VA ?
MAIS... AYA ?!
AYA !
À CET INSTANT...
TADAN
AYA...
L'IMAGE QUE JE VOYAIS DANS SES PUPILLES...
... ÉTAIT LA PROJECTION D'UNE SCÈNE QUI ALLAIT SE DÉROULER QUELQUES MINUTES PLUS TARD.

C'ÉTAIT PAS LA PEINE DE VOUS DONNER TOUT CE MAL.
VOUS N'ÊTES QUE DES PETITS VOYOUS...
... QU'UN CONCOURS DE CIRCONSTANCES A PLACÉS SUR LA ROUTE DU CLUB DES EXÉCUTEURS.
COUGH
SOI-CHIRO...
ARRÊTE...
AR...
ZUA
AAAAH
ELLE POSSÈDE UNE FORCE IRRATIONNELLE EN ELLE...
ET PUIS... NOS DESTINS SONT INÉLUCTABLEMENT LIÉS
ALORS RIS PAS.
ET JE NE LE DIRAI PAS DEUX FOIS...
MAIS IL Y A DES LIMITES À TOUT.
EH EH... C'EST SÛR, C'EST UNE HISTOIRE VRAIMENT HONTEUSE...
IMBÉCILE, REGARDE QUI EST LÀ.
TAIS-TOI.
JE T'EN PRIE...

CETTE FILLE...
C'EST LA PREMIÈRE FEMME DONT JE SUIS TOMBÉ AMOUREUX.
UN VÉRITABLE COUP DE FOUDRE... JUSTE APRÈS QUE MAYA M'AIT BALANCÉ DU TROISIÈME ÉTAGE.
QUEL CON !

JE FERAIS N'IMPORTE QUOI POUR ELLE.
TU PIGES, VIEUX SCHNOCK ?

ZWIIIIIIIIIIIIIIN
COMME S'ILS SOR-TAIENT D'UN LONG SOMMEIL...
ZWIIN
... DEUX CŒURS SE SONT REMIS...
... À BATTRE À L'UNISSON...
ZWIIN
OUI...
C'ÉTAIT ÇA...

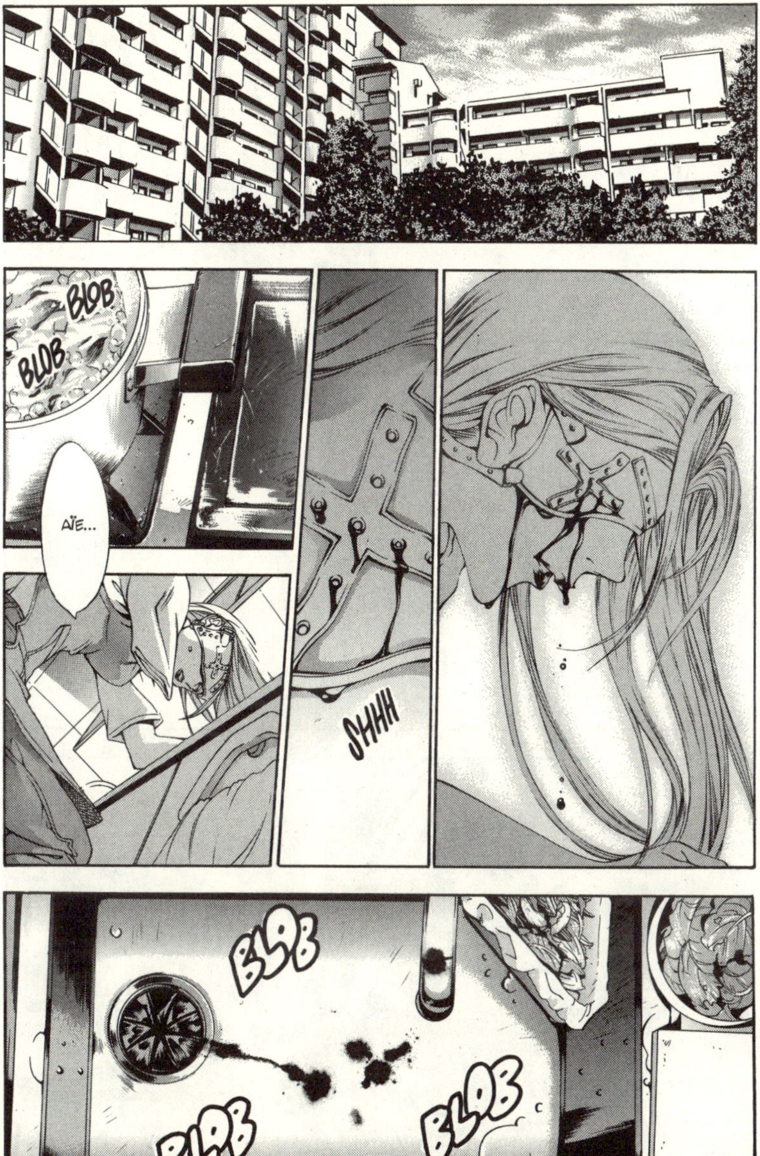

BLOB
BLOB
AÏE...
SHHH
BLOB
BLOB
BLOB

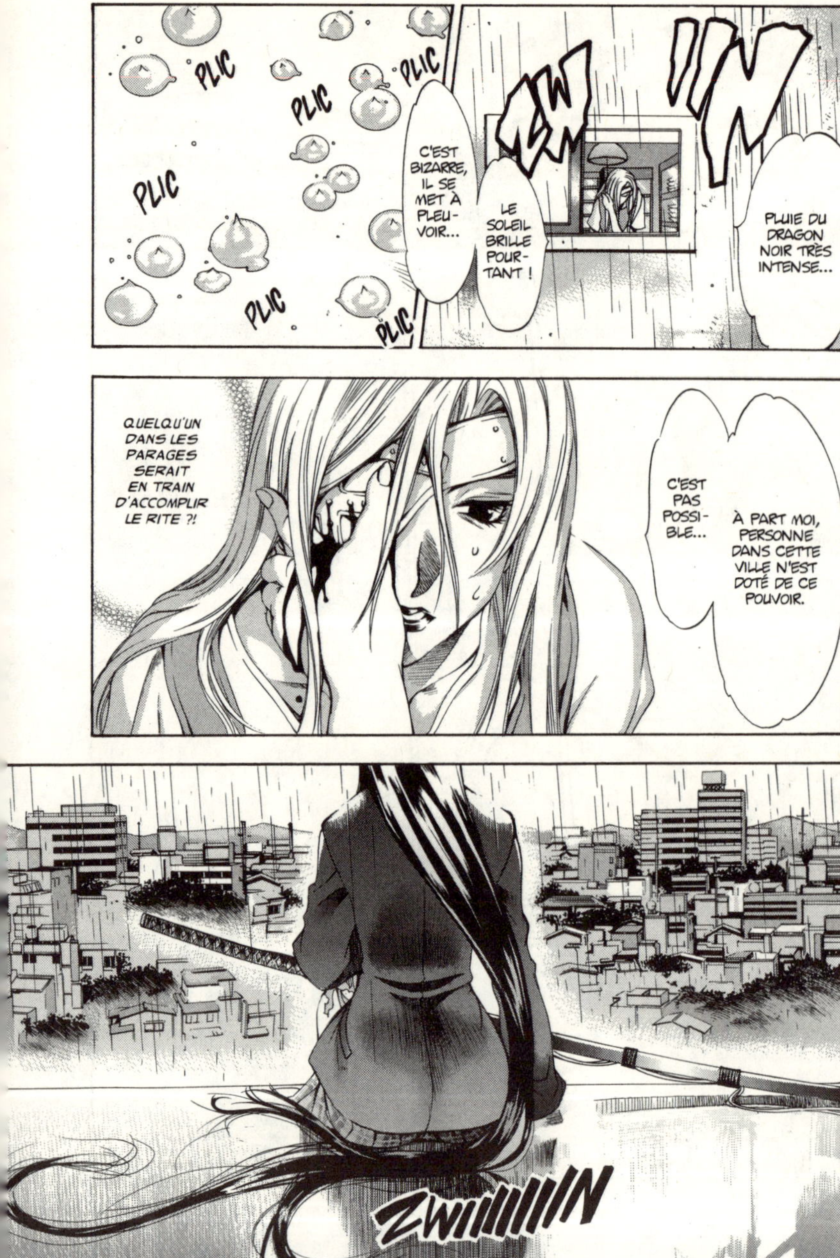
PLIC
PLIC
PLIC
PLIC
PLIC
PLIC
C'EST BIZARRE, IL SE MET À PLEU-VOIR...
LE SOLEIL BRILLE POUR-TANT !
ZW IN
PLUIE DU DRAGON NOIR TRÈS INTENSE...
QUELQU'UN DANS LES PARAGES SERAIT EN TRAIN D'ACCOMPLIR LE RITE ?!
C'EST PAS POSSI-BLE...
À PART MOI, PERSONNE DANS CETTE VILLE N'EST DOTÉ DE CE POUVOIR.
ZWIIIIIIIIN

W
WHIN
COMME J'AIMERAIS QUE LA PLUIE REDOUBLE DE VIOLENCE...
... POUR LAVER MES LARMES.
ET COUVRIR LE SON DE CETTE VOIX...

34

DUCATI
VINGT-QUATRIÈME
ROUND

J'ÉTAIS POUR-TANT CON-VAIN-CU...
... QUE C'ÉTAIT AYA QUI TE PLAISAIT...
CECI DIT, JE TE COMPRENDS... MAYA EST UNE FILLE SUPERBE.
COUGH
EXCUSE-MOI.
JE SUIS DÉSOLÉ, SOCCHAN. APRÈS TOUT, C'EST PAS MES OIGNONS.
C'EST ÇA, ABRÈGE. JE COMMENCE À EN AVOIR MARRE.
T'ES CHIANT.
QUOI ?! MOI, CHIANT ?

ARRÊTEZ, VOUS DEUX...
VOUS ALLEZ SALIR LE PLANCHER.
TIENS, PRENDS ÇA !
TOI AUSSI !
SPUT SPUT SPUT SPUT SPUT
MAIS J'EN AI PAS L'INTENTION.
HÉ, TU ME PROVOQUES, LÀ ?
T'ES PAS SÛR DE GAGNER.
JE SUIS DÉSOLÉ.
TU VEUX TE BATTRE ?
SI TU CROIS QUE JE VAIS TE PARLER DE MA VIE PRIVÉE...
ON PEUT SAVOIR OÙ TU VEUX EN VENIR ?
SI TU VEUX TE DÉFOULER, TE GÊNE PAS !
PRENDS UN FOUET, DES BOUGIES... OU CE QUE TU VEUX.
TU NOUS GAVES, VIEUX SCHNOCK.
QU'EST-CE QUE TU COMPTES FAIRE ? DES TRUCS SADO-MASO ?
ÉCRASE UN PEU.
GUAGGH
OK, SI VOUS INSISTEZ.

* QUEL NAZE, IL EST TOMBÉ DANS LE PANNEAU.
** J'AI TON BRAS GAUCHE ET JE SUIS PAS PRÈS DE LE LÂCHER.

À FORCE DE MORDRE AUSSI FORT, TU VAS TE CASSER LA MÂCHOIRE.
MAIS TU NE ME LÂCHERAIS PAS MÊME SI JE TE FAISAIS AVALER TOUTES TES DENTS.
GRIN GRIN
OH...
ORGH ?!
AAARGGH !

A...
CRASH
CRASH
CRASH
CRASH
...A...
...R...
...G...
...H !
CRASH
CRIIII
CRII
CRIII
AH !
MAIS IL RESTERA TOUJOURS AU MÊME NIVEAU QUE TAKAYANAGI. S'IL SE BAT AVEC NOUS, C'EST JUSTE POUR SE FAIRE REMARQUER.
CRANK
CRASH
ARGH
IL VOULAIT DEVENIR FORT POUR SE FAIRE ÉLIRE PRÉSIDENT DU CLUB DES EXÉCUTEURS LE PROCHAIN SEMESTRE.
PRENDS RYUZAKI PAR EXEMPLE.
TAGAMI ET ISUZU SONT DE LOYAUX ÉLÉMENTS, ILS ONT UNE GRANDE ADMIRATION POUR MITSUOMI.
ET SAGARA, IL EST DE NOTRE CÔTÉ PARCE QU'ON PROTÈGE SON CLUB DE LUTTE.
!!

AAARGH !!
ILS SONT TOUS PAREILS.
SEULES LEURS MOTIVATIONS SONT DIFFÉ-RENTES.
CHACUN DÉFEND DES INTÉ-RÊTS PER-SONNELS.
VOUS N'ÊTES QUE DES EMMERDEURS. VOUS CROYEZ QUE ÇA VA CHANGER QUELQUE CHOSE SI VOUS VOUS CASSEZ DE L'ÉCOLE ?
BLOTCH
BLOTCH
ET VOUS ?

VOUS FERIEZ BIEN DE VOUS METTRE DANS LE CRÂNE QUE VOUS COMBATTEZ POUR MAYA. LE RESTE N'A AUCUNE IMPORTANCE.
VOUS DEVEZ VOUS BATTRE...
... SANS PENSER À RIEN D'AUTRE.

SI TANT EST QUE DES PETITS BRANLEURS COMME VOUS EN SOIENT CAPABLES.
COMPORTEZ-VOUS EN HOMMES ET DÉFONCEZ-VOUS JUSQU'À EN MOURIR.

EN VÉRITÉ...
JE SUIS TROP BÊTE... !
PLIC
PLIC

APRÈS TOUT, DEPUIS QUE JE CONNAIS SOICHIRO, JE L'AI TOUJOURS CONSIDÉRÉ COMME MON MARI.
MAIS J'IGNORE SI CE SENTIMENT EST RÉCIPROQUE.
JE SUIS DÉSOLÉE...
... DE T'AVOIR CAUSÉ DU SOUCI.
TUNF
TAKAYA-NAGI.
TOTON
ÇA M'EN-NUIERAIT DE CRÉER D'AUTRES PROBLÈMES.
CE QUI S'EST PASSÉ AUJOUR-D'HUI DOIT RESTER UN SECRET ENTRE NOUS.
AYA...
TOUT VA BIEN.
UNE FOIS REN-TRÉE...
J'AI PLEURÉ...
... MAIS C'EST FINI.
IL FAUT QUE JE PARLE À MAYA.

!!
GLUP
AYA !!
CH... CHEF !
MAIS JE...
EUH...
TAKAYANAGI, T'AS PAS VU AYA ?
ON M'A DIT QU'ELLE...
QU'EST-CE QUI SE PASSE ?
ELLE A DIT QU'ELLE ALLAIT À L'HÔPITAL AVANT DE RENTRER.
ELLE A PRIS QUELQUE CHOSE QUI M'APPARTIENT.
POUSSE-TOI DE LÀ !
TUMP
TUMP
TUM
AH !

!!
SLIP
...
AH...
GLOCH
AYA, ATTENDS !
A... AYA... RIEN DE CASSÉ ?
JE DOIS TE PARLER. AU SUJET DU SABRE.
...
PLIC
PLIC

FICHE-MOI LA PAIX !
SLUSH

PLIC
PLIC
PLIC
PLIC
TAKAYA-NAGI...
QUELQUE CHOSE NE VA PAS ?
...
EUH...
...
NON...
...
MERDE... JE VAIS ENCORE PASSER POUR UN CON.
JE LUI AI JUSTE DEMANDÉ SI SES SEINS ÉTAIENT EN SILICONE...
EN FAIT, JE...
JE ME SUIS MOQUÉ D'ELLE ET ELLE S'EST FÂCHÉE...

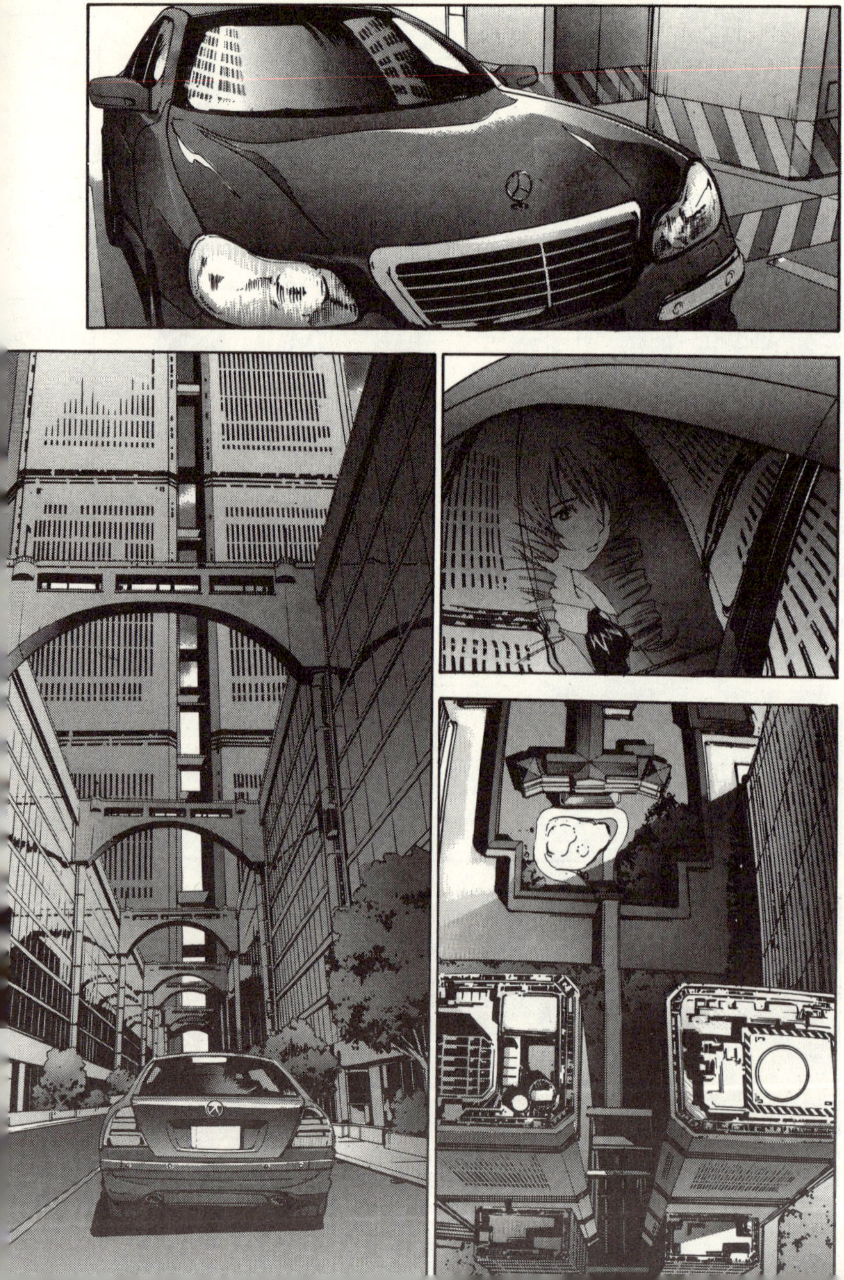

SWIP
SWIUSHH
B3
B4
SLUSH

OUFF
OUFF
OUFF
OUFF
CLOCK
LES DEUX NOUVEAUX ONT DÉBOULÉ DANS LA SALLE DU CONSEIL.
J'AI COMPRIS.

DÉTACHEZ-LES.
ET ÉMETTEZ DES RÉSERVES SUR LEUR DEMANDE DE DÉPART DE L'ÉCOLE.
CRUNG
CRUNG
LE CLUB DE JUKEN ET CES DEUX TYPES...
... POURRAIENT S'AVÉRER INDISPENSABLES...
CLOP
CLOP
... POUR L'INSTITUT...
OUFF
... POUR LE CLUB DES EXÉCUTEURS...
OUFF
OUFF
... ET SURTOUT, POUR MOI...

STRISH
QUANT À MA-YA...
... ACCORDONS-LUI UN MOIS DE PLUS POUR SE RACHETER.
OH...
OH...

ET EN CE QUI CONCERNE CES DEUX-LÀ...
PLIC
... DONNONS-LEUR LA POSSIBILITÉ DE PARTICIPER AUX ÉPREUVES DE QUALIFICATION.
PLIC
WRRAN
IL SEMBLE ÊTRE OBSÉDÉ PAR CETTE IDÉE. SI ÇA SE TROUVE, IL EST EN TRAIN DE CHERCHER L'ENDROIT LE PLUS PROPICE POUR MOURIR...
ON DIRAIT QU'IL A ACCEPTÉ L'ÉVENTUALITÉ DE SA FIN...
J'AI UNE DRÔLE DE SENSATION...
TRÈS BIEN.
SI MON CORPS A UNE EXISTENCE LIMITÉE DANS LE TEMPS...
... CE SERAIT DOMMAGE DE NE PAS POUVOIR TERMINER MES ÉTUDES.
MEUH
GRIIIIIIIN
MPF
MURGH.
GRAB
MM...
SPLUSH

AAARGH !!

!!
VDRAAAG
CHUASSH
... N'EST JAMAIS TRAHI PAR SES POINGS.
CELUI QUI A L'HABI-TUDE DE TUER...
NE ME DIS PAS QUE TU ES VENUE JUSQU'ICI UNIQUEMENT POUR M'APPORTER LA NOUVELLE...
!!
QUOI ENCORE ?

VOILÀ...
ÇA RESTE À CONFIRMER...
... ET JE NE VEUX PAS T'INQUIÉTER INUTILEMENT AVEC ÇA, MAIS...
MM...
C'EST AU SUJET DU "REIKI", LE KATANA DU CÉRÉMONIAL !
CERTAINS TÉMOINS...
... AFFIRMENT L'AVOIR VU DANS L'ÉCOLE.
IL SERAIT ENTRE LES MAINS...
... DE LA PETITE SOEUR DE MAYA...
AYA.

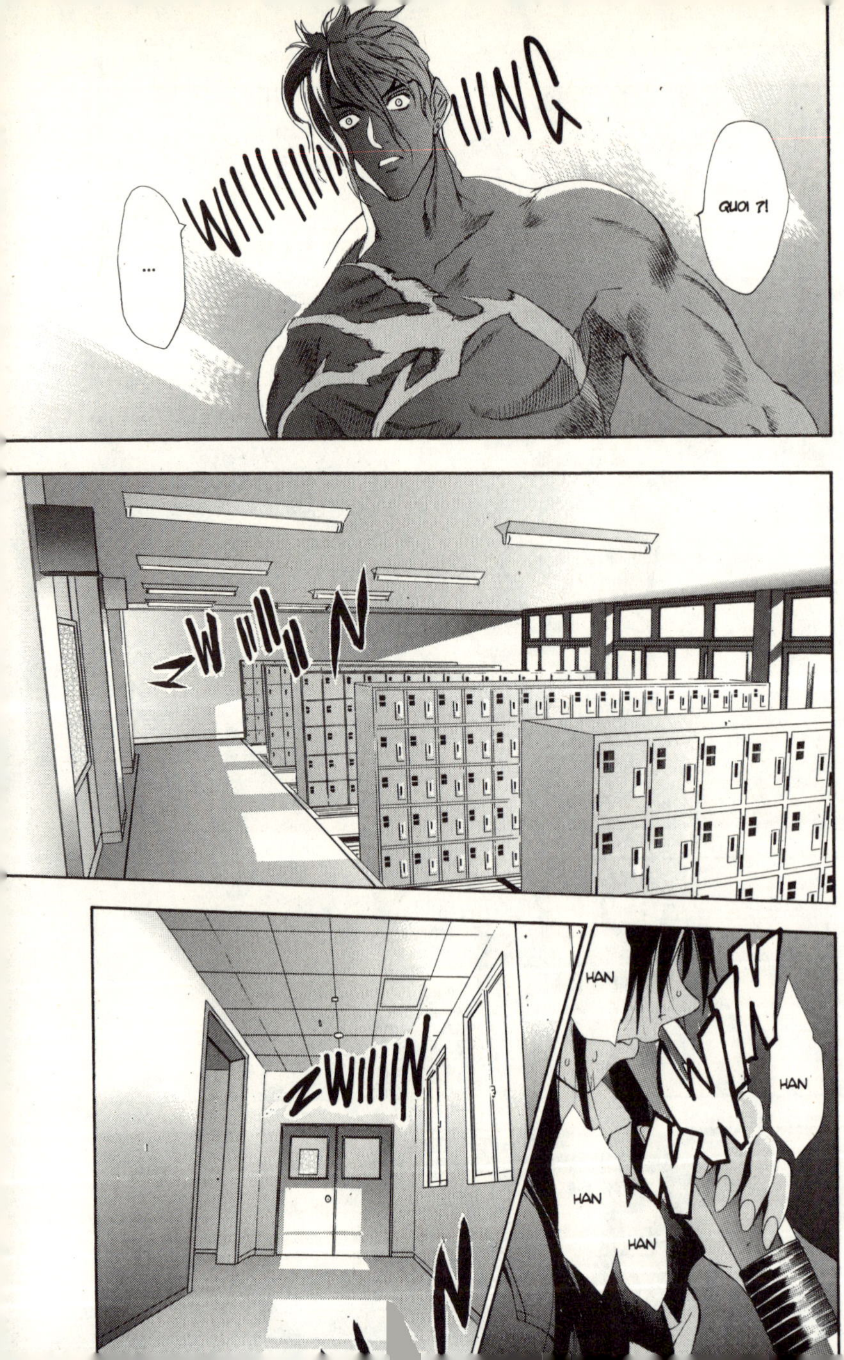
QUOI ?!
WIIIIIIIIIIIING
...
ZWIIIIN
HAN
HAN
HAN
HAN
ZWIIIIN

HAN
MA SOEUR EST PAS MÉ-CHAN-TE.
HAN
HAN
PLIC
MA SOEUR EST PAS MÉ-CHAN-TE.
PLIC
PLIC
MA SOEUR EST PAS MÉ-CHAN-TE.
HAN!
MA SOEUR EST PAS MÉ-CHAN-TE.
PLIC
JE...
J'AI RIEN PERDU...
ÇA VA PAS DU TOUT!
JE...
IL S'EST RIEN PASSÉ.
PLIC
SOICHIRO NON PLUS.
ET MOI NON PLUS.
PLIC
PLIC
PLIC
PLIC
MA SOEUR EST PAS MÉ-CHAN-TE.
MA SOEUR EST PAS MÉ-CHAN-TE.

...
... MA PROPRE SOEUR.
...
J'ARRIVE PAS...
... À PARDONNER À MAYA.
Y A RIEN À FAIRE, JE...
C'EST MA SOEUR...
!!
ZAASH
PLIC
T'ES OÙ, AYA ?
AYA !
AYA...
PLIC
IL A RECOMMENCÉ À PLEUVOIR...
LE CIEL EST POURTANT LIMPIDE...
ET BEAU COMME SES YEUX BAIGNÉS DE LARMES.

J'AI DÉJÀ ENTENDU PARLER DE TOI, LE GUERRIER DU CLAN GAOKI.
HANF
HANF HANF
BIEN SÛR...
TU...
HAN
HAN
HAN
T'ES PAS SURPRIS, HEIN ?
JE NE CHERCHAIS PAS À ME VENGER.
MAIS UN JOUR...
... IL A SURGI DEVANT MOI...
JUSQUE-LÀ, LES ADVERSAIRES QUE J'AVAIS AFFRONTÉS...
... ÉTAIENT VRAIMENT MÉDIOCRES. MAIS LUI, IL ÉTAIT...

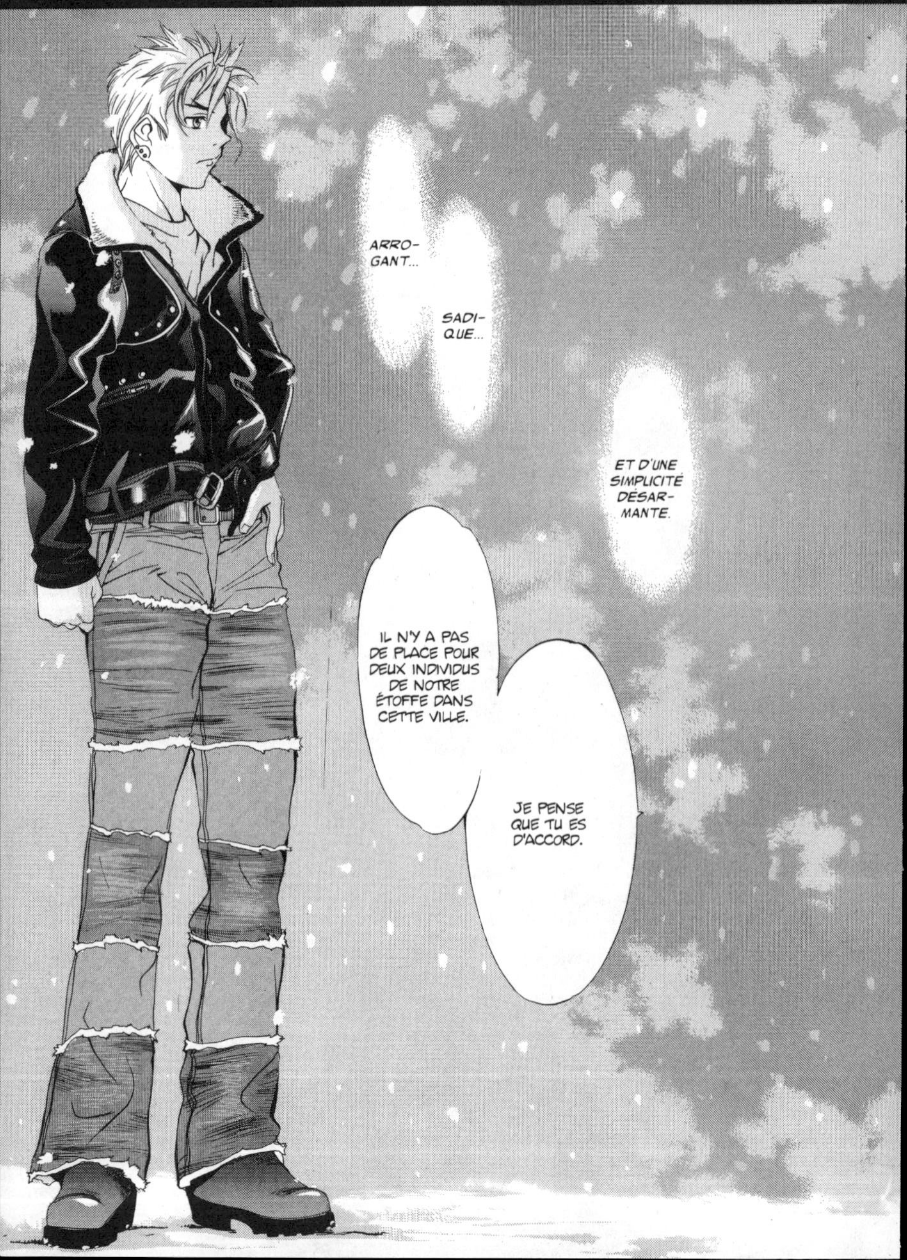
ARROGANT...
SADIQUE...
ET D'UNE SIMPLICITÉ DÉSARMANTE.
IL N'Y A PAS DE PLACE POUR DEUX INDIVIDUS DE NOTRE ÉTOFFE DANS CETTE VILLE.
JE PENSE QUE TU ES D'ACCORD.

MITSUOMI TAKAYANAGI.
ET PUIS...
IL ÉTAIT VRAIMENT...
... TRÈS BEAU.

SCREEK
WROOOOM
SCREK
SLAM
SCREK
SCREK
TON
VOUS, CONTRÔLEZ L'AILE SUD.
OK !
ALLONS-Y.
AH
OUAIS !
AAH
AAH
TUNK
PAFF
SI VOUS LA TROUVEZ, NE LA TOUCHEZ PAS !
IL EST IMPÉRATIF D'AGIR TOUS ENSEMBLE !
LES MEMBRES DU CLAN MATSUI, EXPLOREZ L'AILE EST.
CEUX DU CLAN MAEDA RESTENT ICI.
NOTRE CIBLE EST LA PETITE SOEUR DE NATSUME, AYA.
UNE JOLIE BRUNE AVEC UN KATANA, C'EST FACILE À REPÉRER.
OK !

MITSUO-MI !
GRAND FRÈRE !
MAYA ?
TU NE DEVAIS PAS TE DÉBARRASSER DE REIKI ?
JE M'EXCUSE-RAI PLUS TARD...
MAIS POUR L'INSTANT... ON A BESOIN DE TON AIDE, MITSUOMI.
J'AI DÉJÀ RÉUNI TOUTES LES PERSONNES AYANT UN LIEN AVEC LA FAMILLE TAKAYANAGI.
AH... MAIS...
REIKI... C'EST LE KATANA D'AYA...?
IL EST SI DANGE-REUX QUE ÇA, CE SABRE ?
J'ARRIVE PAS À Y CROIRE.
LE SABRE...
... LÉGEN-DAIRE DU MAL ?

TU... TU...
TU COMPRENDS RIEN !
ÇA SUFFIT !
AAAP
TATATAP
AAGH !
RESTE PAS PLANTÉ LÀ !
TATATAP
TATAP
PETIT, T'ES SUR NOTRE ROUTE.
TONTONTON
CHONK
BIEN.
QUEL-QU'UN A DIT L'AVOIR VUE LÀ-BAS.
HÉ...
WUP

AH, AYA, TOUT LE MONDE TE CHERCHE.
TA SOEUR, MON FRÈRE ET UN TAS D'AUTRE TYPES...
C'EST À CAUSE DE CE SABRE.
TU VEUX BIEN ME RENDRE UN SERVICE ?
JE PEUX DORMIR CHEZ TOI ? J'AI PAS ENVIE DE RENTRER CHEZ MOI...
QUOI ?
ÉCOUTE, LE PROBLÈME, C'EST QUE TA SOEUR...
TU POURRAIS PAS...
TU VEUX BIEN ?
HEIN ?

HA
C'EST PAS LA PEINE...
REMARQUE, J'AIMERAIS BIEN MANGER UN BON PETIT PLAT...
ALORS... ♥
EH
EH
COMME ÇA, JE TE PRÉPARERAI À DÎNER.
JE PEUX PASSER AU SUPER-MARCHÉ AVANT ?
EHHHH !?!
VRAIMENT ?
T'ES SÛR ?
MM...
ÇA M'EST ÉGAL.
TU PRÉFÈRES LA VIANDE OU LE POISSON ?
ATTENDS UNE MINUTE !
PROFITES-EN, J'AI ENVIE DE CUISINER.
C'EST PLUS FORT QUE MOI, J'AI ENVIE DE RIGOLER...
EUH... JE...
TU CROIS PAS QUE T'ES EN TRAIN DE TRAHIR LE CHEF, LÀ ?...

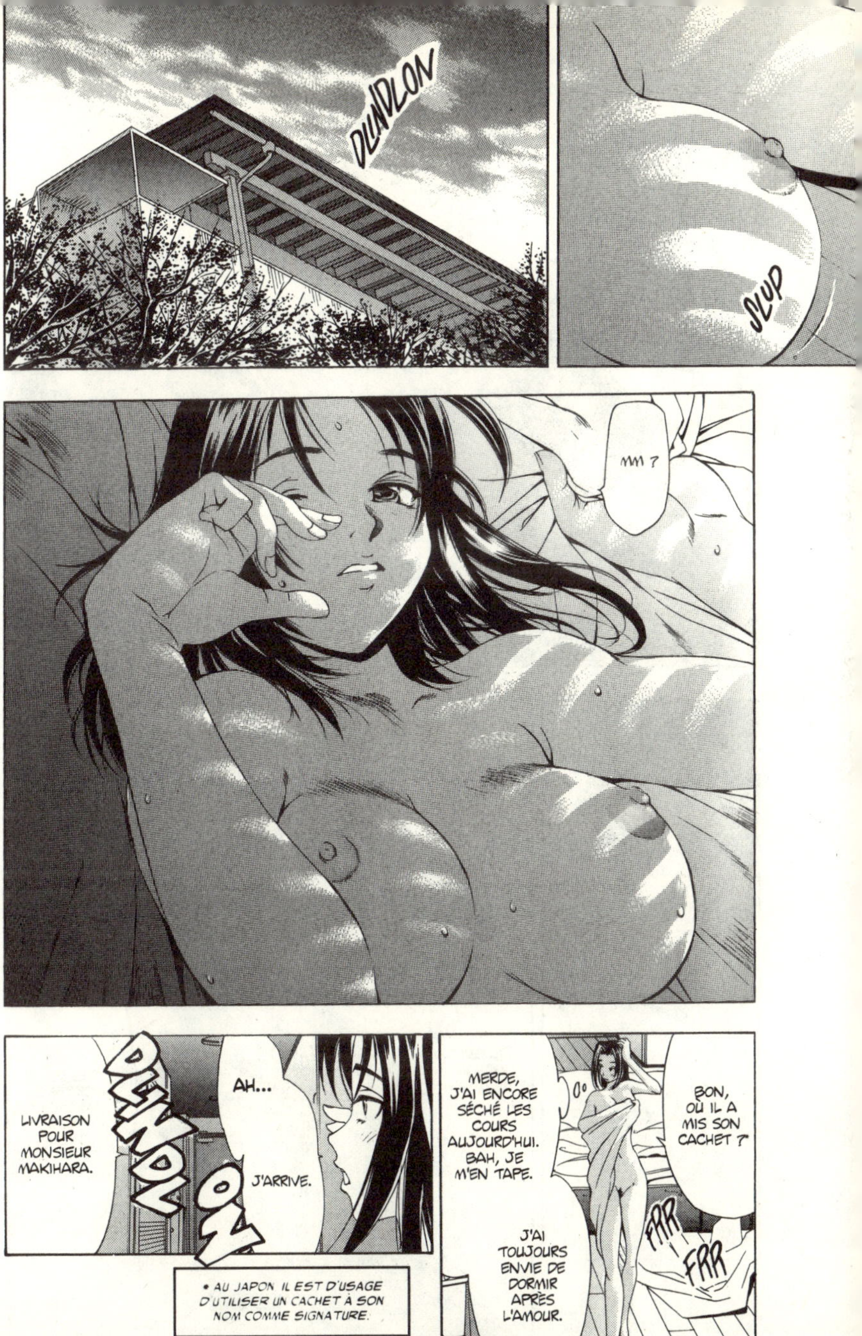
DLINDLON
SLUP
MM ?
LIVRAISON POUR MONSIEUR MAKIHARA.
DLINDON
AH...
J'ARRIVE.
MERDE, J'AI ENCORE SÉCHÉ LES COURS AUJOURD'HUI. BAH, JE M'EN TAPE.
J'AI TOUJOURS ENVIE DE DORMIR APRÈS L'AMOUR.
BON, OU IL A MIS SON CACHET ?*
FRR
FRR
* AU JAPON IL EST D'USAGE D'UTILISER UN CACHET À SON NOM COMME SIGNATURE.

PAS BESOIN DE CACHET.
CE SONT DES ÊTRES VIVANTS.
SALUT ...
SALUT, JE SUIS RENTRÉ.
STON
STON
J'AI PEUT-ÊTRE POUSSÉ LE BOUCHON...
OUCH
MAIS VU QU'ILS AVAIENT PAS LA FORCE DE RENTRER TOUT SEULS, JE LES AI RACCOMPAGNÉS.
IL EST GRAND TEMPS...
... QUE CES DEUX CRÉTINS ARRÊTENT LEUR CIRQUE.

AH ! AHEM.
ATTENDS UNE SECONDE !
ON S'EST DÉJÀ RENCONTRÉS, NON ? AU BOWLING...
OUI, JE M'EN SOUVIENS AUSSI.
C'EST PAS TOUS LES JOURS QU'ON VOIT DES SEINS COMME LES TIENS.
TU... TU ES AU COURANT DE TOUT...
... JE VEUX DIRE, DE CE QUI S'EST PASSÉ CES JOURS-CI...
...
DEMANDE PLUTÔT À NATSUME.
HEIN ?

SWIP
ATTENDS !
JE M'EXCUSE D'AVOIR AMOCHÉ TON COPAIN COMME ÇA.
MAIS C'EST EUX QUI SONT VENUS NOUS CHERCHER DES NOISES.
AU COLLÈGE...
... ILS ÉTAIENT SURNOMMÉS "LES ROULEAUX COMPRESSEURS". ILS PASSAIENT LEUR TEMPS À SE BATTRE.
ET LE PIRE, C'EST QU'ILS GAGNAIENT TOUJOURS.
J'IMAGINE QUE ÇA A FINI PAR LEUR MONTER À LA TÊTE.

MAIS UNE FOIS À L'INSTITUT, ILS ONT DÉCOUVERT...
... L'EXISTENCE D'UN ÊTRE BIEN SUPÉRIEUR À EUX.
PAS EN TERMES DE TECHNIQUE NI DE FORCE...
... MAIS DANS SA MANIÈRE D'AFFRONTER LA VIE.
...
ILS ÉTAIENT LOIN D'IMAGINER QU'UNE TELLE PERSONNE PUISSE EXISTER.
JE CROIS BEAUCOUP EN EUX...
DONC...
... QUICONQUE EST DIGNE DE LEUR CONFIANCE...
... MÉRITE AUSSI LA MIENNE.

STRICH
JE BOIRAIS BIEN UNE BIÈRE.
PUR MALT ET BIEN FRAÎCHE.
TU VEUX BIEN ALLER EN ACHETER ?
...
C'EST UNE LONGUE HISTOIRE...
ON VA Y PAS-SER LA NUIT. ÇA TE DÉRANGE PAS ?
L'ALCOOL M'AIDE À ME CONCENTRER.
SI JE T'ENNUIE ...
... DIS-LE-MOI.
MERCI.
...

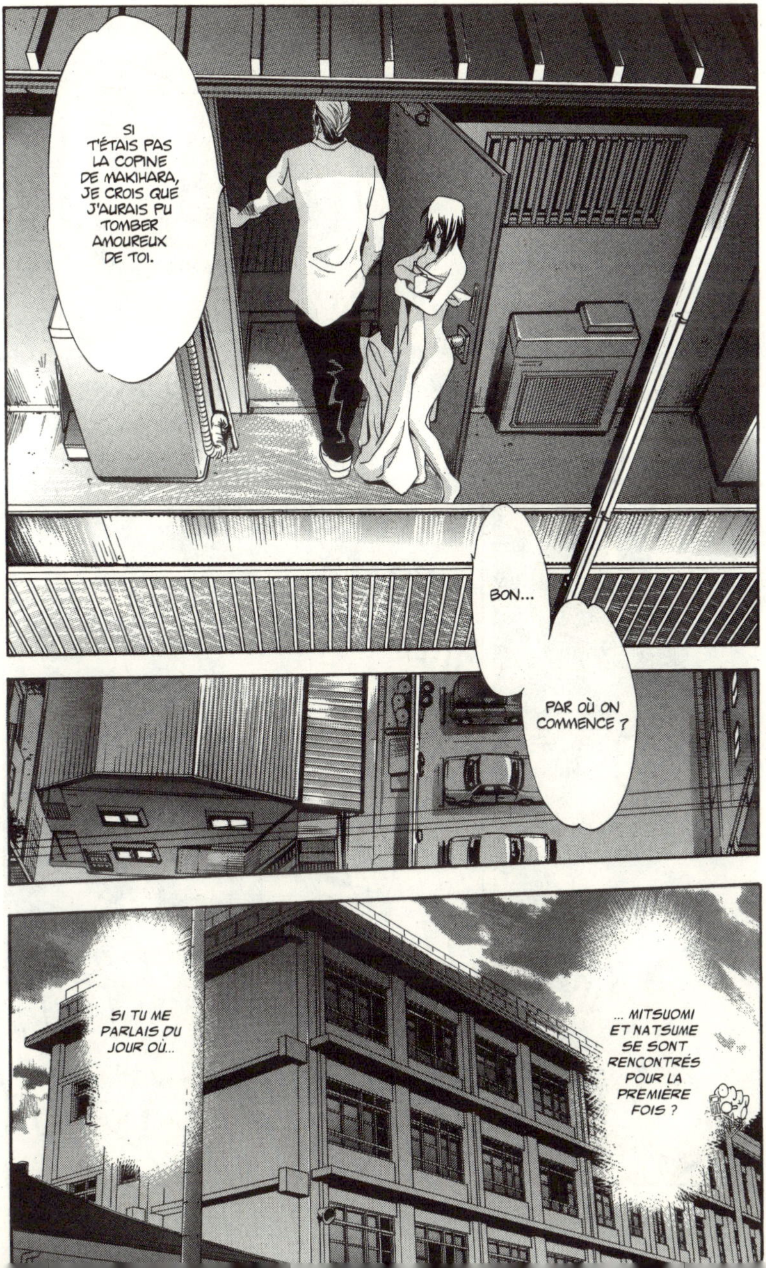
SI T'ÉTAIS PAS LA COPINE DE MAKIHARA, JE CROIS QUE J'AURAIS PU TOMBER AMOUREUX DE TOI.
BON...
PAR OÙ ON COMMENCE ?
... MITSUOMI ET NATSUME SE SONT RENCONTRÉS POUR LA PREMIÈRE FOIS ?
SI TU ME PARLAIS DU JOUR OÙ...

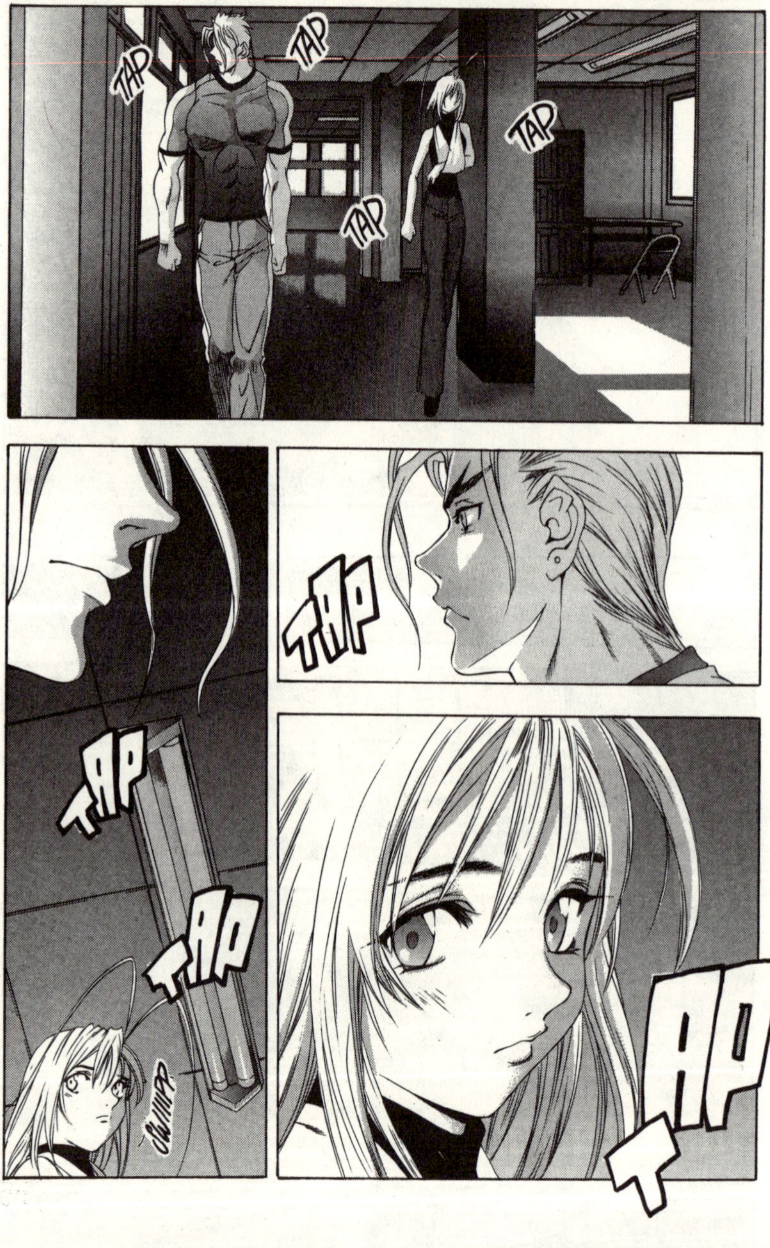
TAP
TAP
TAP
TAP
TAP
TAP
TAP
CLIIIIPP
TAP

MAYA, TU TE SOUVIENS ...
... DE NOTRE PREMIÈRE RENCONTRE ?
AAH
!!
ZIIF
TU TE BALADAIS AVEC TON SABRE.
ET AYA...
MAIS... TU TE RAPPELLES PAS ?
IL Y A DES CHOSES QUE JE PRÉFÈRE OUBLIER.
MON PÈRE M'A OFFERT REIKI POUR MES HUIT ANS.
IL M'A DIT D'EN PRENDRE SOIN.
LE SABRE DE CÉRÉ-MONIE REIKI.
C'EST UN SABRE MAGIQUE. IL PERMET D'EFFECTUER DES EXORCISMES ET DES INCANTATIONS !
IL S'ADAPTE À CELUI QUI LE POSSÈDE.
IL PEUT PROVO-QUER LA PLUIE... OU BIEN LA MORT.

JE ME SUIS ENTRAÎNÉE PENDANT DES ANNÉES, EN VAIN.
REIKI NE S'EST JAMAIS ACTIVÉ.
ENTRE LES MAINS D'UN ÊTRE DÉPOURVU DE POUVOIR, C'EST UN SABRE TOUT À FAIT NORMAL.
MM... ... ET...
JE FAIS JUSTE OFFICE DE GARDIENNE POUR REIKI.
À VRAI DIRE, IL M'A PERMIS DE ME RENDRE COMPTE QUE J'ÉTAIS LA HONTE DE LA FAMILLE NATSUME...
MON PÈRE LE SAVAIT.
CONTRAIRE-MENT À SHIN ET AYA, JE NE POSSÈDE PAS LE POUVOIR REQUIS.
VERS L'ÂGE DE QUINZE ANS... À L'ÉPOQUE...
... OÙ JE T'AI RENCONTRÉ POUR LA PREMIÈRE FOIS...

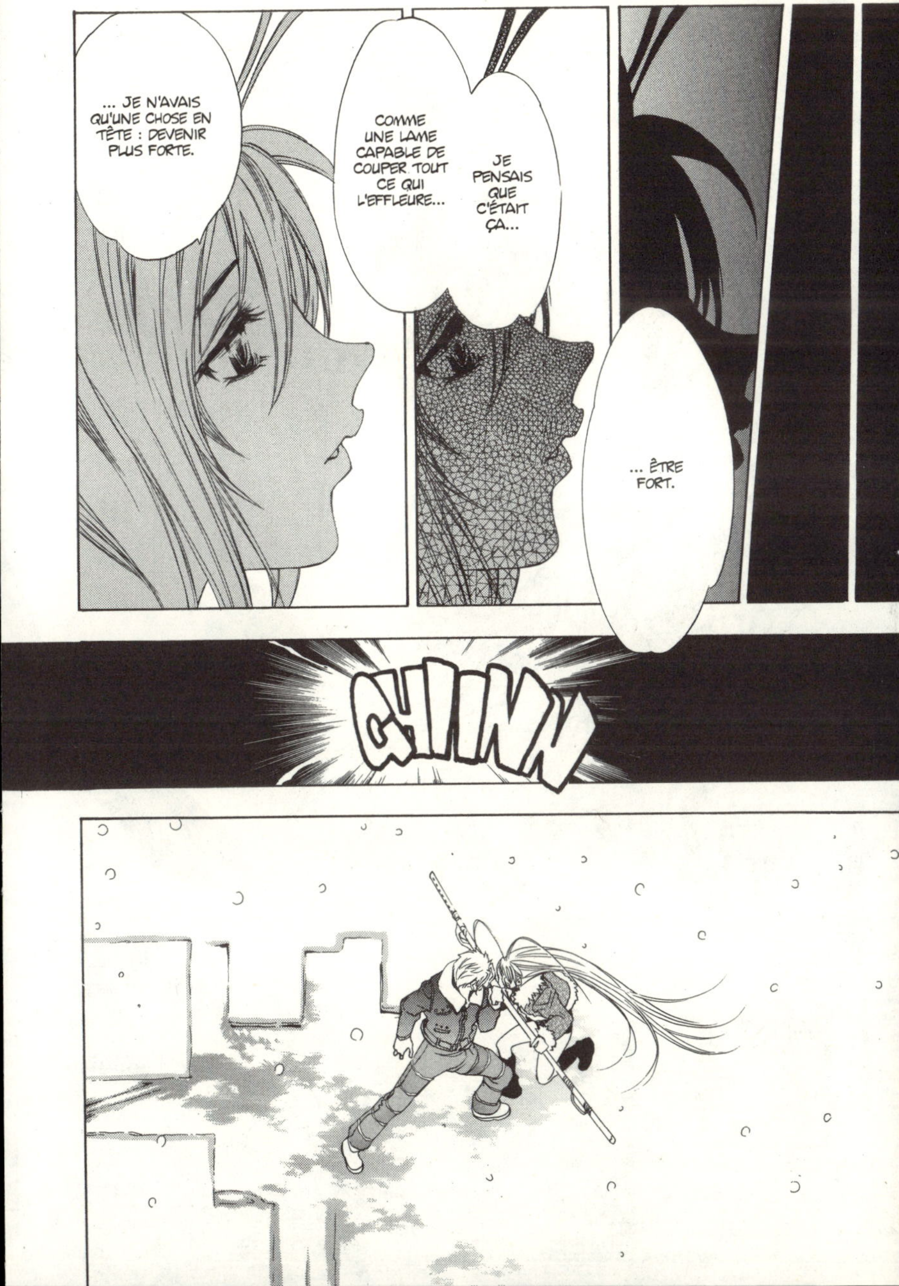
... JE N'AVAIS QU'UNE CHOSE EN TÊTE : DEVENIR PLUS FORTE.
COMME UNE LAME CAPABLE DE COUPER TOUT CE QUI L'EFFLEURE...
JE PENSAIS QUE C'ÉTAIT ÇA...
... ÊTRE FORT.
CHIINN

HIVER
199X...
À L'ÉPOQUE...
NOUS ÉTIONS LOIN D'IMAGINER À QUEL POINT LE DESTIN ALLAIT ÊTRE CRUEL AVEC NOUS.

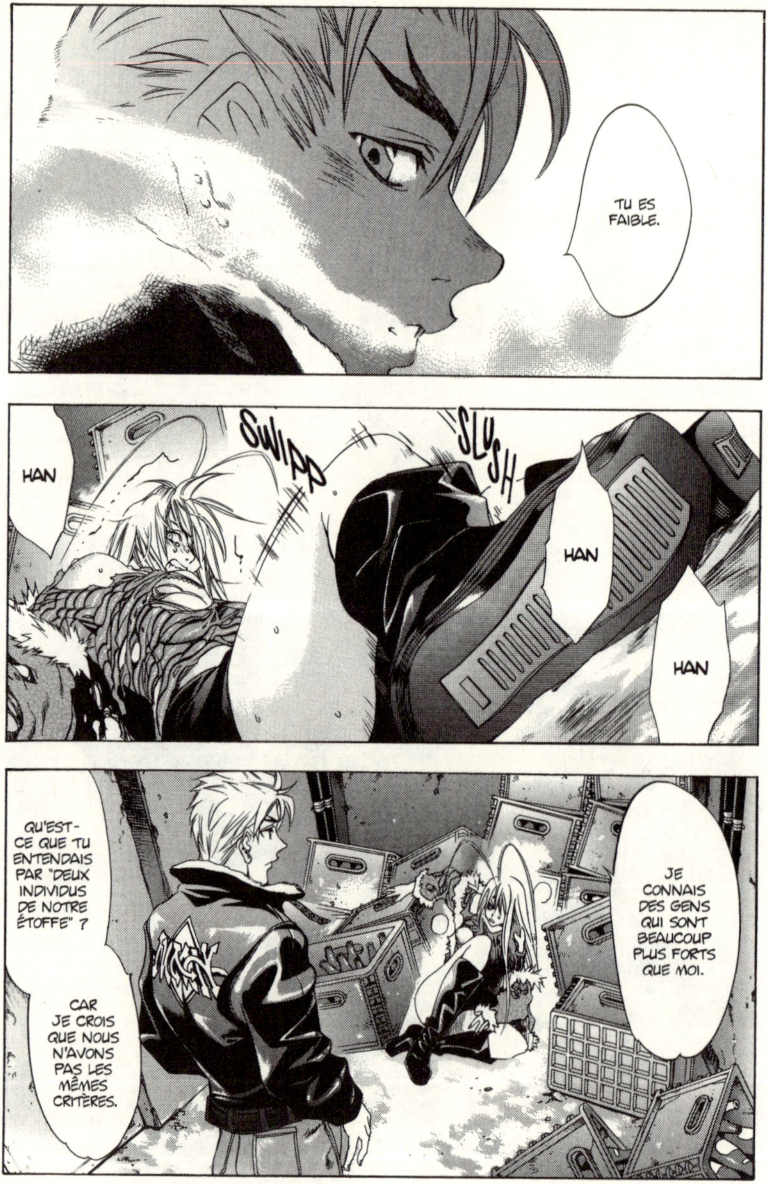
TU ES FAIBLE.
SLUSH
SWIPP
HAN
HAN
HAN
JE CONNAIS DES GENS QUI SONT BEAUCOUP PLUS FORTS QUE MOI.
QU'EST-CE QUE TU ENTENDAIS PAR "DEUX INDIVIDUS DE NOTRE ÉTOFFE" ?
CAR JE CROIS QUE NOUS N'AVONS PAS LES MÊMES CRITÈRES.

COMME TON FRÈRE...
... MAYA NATSUME.
...
COMME ÇA...
... TU ME CONNAIS ?
WROM
WROUM
WROO
LAISSE TOMBER...
TAP
TAP
TAP
TAP TAP
TU VOIS PAS QUE TU PERDS TON TEMPS AVEC ELLE ?
AH AH...

ÇA VA, MAYA ?
SALUT !
T'AS ENCORE PRIS UNE RACLÉE, HEIN ?

TIENS... MON GRAND FRÈRE !
QU'EST-CE QUE TU FAIS ICI ?
SHIN.
MITSUOMI M'A APPELÉ HIER.
IL M'A ANNONCÉ QU'IL ALLAIT SÛREMENT T'AFFRONTER, ET IL AVAIT BESOIN DE MES CONSEILS.
JE LUI AI DIT DE TE DONNER UNE BONNE LEÇON.
LE CLAN DU "KATANA" !!
FRUSH
MITSUOMI EST MON SOUS-LIEUTENANT.
TÂCHE DE T'EN SOUVENIR, PAUVRE CONNE.

T'AS PAS FAIT DANS LA DENTELLE, DIS DONC.
TU L'AS TRAITÉE COMME UN VÉRITABLE ADVERSAIRE ...
COGNER UNE FILLE... QUAND MÊME...
MAIS QU'EST-CE QUE TU RACONTES ? C'EST UNE GUERRIÈRE.
SI TU L'AVAIS VUE TOUT À L'HEURE...
VIENS, JE TE RAMÈNE.
TU VEUX QUE JE TE PORTE ?
PAFF
FOUS-MOI LA PAIX. JE ME DÉBROUILLERAI ...
... TOUTE SEULE.

GLOM
T'EN FAIS PAS.
ELLE VA S'EN REMETTRE.
ELLE AVAIT LE VISAGE COUVERT DE BLEUS.
ELLE PLEURAIT...
AH...
MINCE, J'AURAIS DÛ FAIRE GAFFE.
QUOI ?!
COMMENT ÇA ?
TU AS COMPROMIS VOS LIENS FRATERNELS.
JE SUIS SÛR QUE MAYA A PLEURÉ À CAUSE DE TOI.
SHIN...
MAIS... ELLE EST VRAIMENT JOLIE...
DE QUOI TU PARLES ?
ÇA ME PLAÎT PAS CE QUE TU DIS LÀ.
PAAAF
NON, RIEN. TU PEUX PEUX PAS COMPRENDRE.

ET MOI...
... JE PARLE SÉRIEUSEMENT.
PEU DE TEMPS APRÈS, ON S'EST RENCONTRÉS À NOUVEAU.
C'ÉTAIT LE PRIN-TEMPS.

PFF
PFF
PFF
HAN
HAN
HAN
HAN
PFF...
SFUNF
HAN
HAN
HAN
HAN

MERDE !
ILS SE SONT ATTAQUÉS AU CLAN DU "KATANA" !
ÇA VA MAL FINIR...

FSS
SWOPP
PSSSH...
MIAOUUU...
MIAOUUU...
MIAOUUU...
MIAOUUU...
PSSSH...

VINGT-SIXIÈME ROUND

SI NOUS SOMMES RÉUNIS AUJOURD'HUI TOUS LES 287...
... C'EST POUR NOUS AMÉLIORER, PHYSIQUEMENT ET MENTALEMENT.
DANS CET INSTITUT, NOUS PARTAGERONS NOS JOIES ET NOS SOUFFRANCES.
NOUS LE JURONS.
CÉRÉMONIE D'ADMISSION À L'INSTITUT TOUDOU
CE MEC...
LE REPRÉSENTANT DES NOUVEAUX INSCRITS...
MITSUOMI TAKAYANAGI !!

CLAP CLAP CLAAP CLAP
CLAP CLAP CLAP CLAP
CLAP CLAP CLAP CLAP CLAP CLAP CLAP CLAP CLAP CLAP CLAP CLAP CLAP
MON NOM EST SHIN NATSUME. JE SUIS EN TROISIÈME ANNÉE. ET JE SUIS AUSSI LE PRÉSIDENT...
BIEN... ALORS BIENVENUE À TOUS.
... DU CLUB DES EXÉCUTEURS.
POUR LE MOMENT, IL Y A JUSTE UNE CHOSE...
... QUE J'AIMERAIS QUE VOUS SACHIEZ.

POUR CEUX QUI AIMENT SE BATTRE, CET INSTITUT EST LE PARADIS.
DANS CE COMPLEXE EXTRAORDINAIRE...
... VOUS VIVREZ DES JOURNÉES PASSIONNANTES ET PLEINES DE SUSPENSE...
... QUI VOUS DONNERONT LE SENTIMENT D'ÊTRE VIVANTS.
UN SENTIMENT QU'AUCUN AUTRE INSTITUT N'EST EN MESURE DE VOUS OFFRIR.
L'EXTASE ABSOLUE...
FRUS

SWISH
HAH
J'AURAIS PRÉFÉRÉ QUE CE SOIT QUELQU'UN D'AUTRE QUI FASSE LE DISCOURS D'OUVERTURE.
...
NE JOUE PAS LES MÈRES POULES AVEC MOI...
JE TROUVE ÇA GÊNANT.
FUSH
CET ENDROIT EST MAGNIFIQUE.
JE N'AI JAMAIS VU D'AUSSI GROSSES CERISES.

MON FRÈRE DIT...
... QU'À CETTE SAISON, ON PARTAGE LA JOIE DES NOUVEAUX ÉLÈVES.
MAIS EN CE QUI ME CONCERNE...
J'AI L'IMPRESSION QU'ILS SONT EN TRAIN DE GÂCHER LEUR VIE.
ET PUIS, IL FAUT QUE JE TE DISE...
PAF
PAF
OUBLIE QUE TU M'AS BATTUE.
PAFFF
SI MON FRÈRE ÉTAIT PAS ARRIVÉ, J'AURAIS CONTINUÉ À ME DÉFENDRE.

QUANT À MOI...
JE VAIS TOUT FAIRE POUR DEVENIR PLUS FORTE.
NOTRE COMBAT N'EST PAS TERMINÉ.
PRENDS BIEN SOIN DE TOI.
HEIN ? AHH!!
BUN... BUNSHICHI, T'ES LÀ DEPUIS LONG-TEMPS ?
UNE DEMI-HEURE. POURQUOI ?
C'EST L'ENDROIT QUE JE PRÉFÈRE POUR DORMIR.
AH, LES JEUNES...
AU FAIT, T'ES AU COURANT ?
TSK, LAISSE TOMBER, CETTE FILLE EST DANGE-REUSE.
ELLE A DÉJÀ CAUSÉ DES CHAGRINS D'AMOUR.

LA CHASSE AU CLAN DU KATANA.
HIER, ILS ONT CHOPÉ KEE... C'EST LE TROISIÈME CE MOIS-CI.
ET CE MATIN, UN DE NOS BLOUSONS EN CUIR ÉTAIT ACCROCHÉ SUR LA GRILLE D'ENTRÉE. IL ÉTAIT TOUT DÉCHIRÉ.
JE SUIS DÉSOLÉ POUR CEUX QUI ONT DÉROUILLÉ JUSQU'À PRÉSENT MAIS...
... D'UNE CERTAINE MANIÈRE, SHIN EST CONTENT.
NOTRE CLAN A UN TAS D'ENNEMIS, MAIS ÇA FAISAIT UN SACRÉ BOUT DE TEMPS QUE PERSONNE NOUS PROVOQUAIT OUVERTEMENT.
ON NE PEUT CONNAÎTRE LA VALEUR D'UN KATANA...
... QUE SI L'ON COMPREND LE DANGER QU'IL REPRÉSENTE...
C'EST CE QU'IL A DIT.

TSK
SHUSH
SHUSH
NGH ...
TAP
TAP
TAP
TAP

TLOCK
ZUP
OH...
TU SERAIS PAS MAYA NATSUME... ?
VIRE DE MON CHEMIN.
TSZ
TSZ

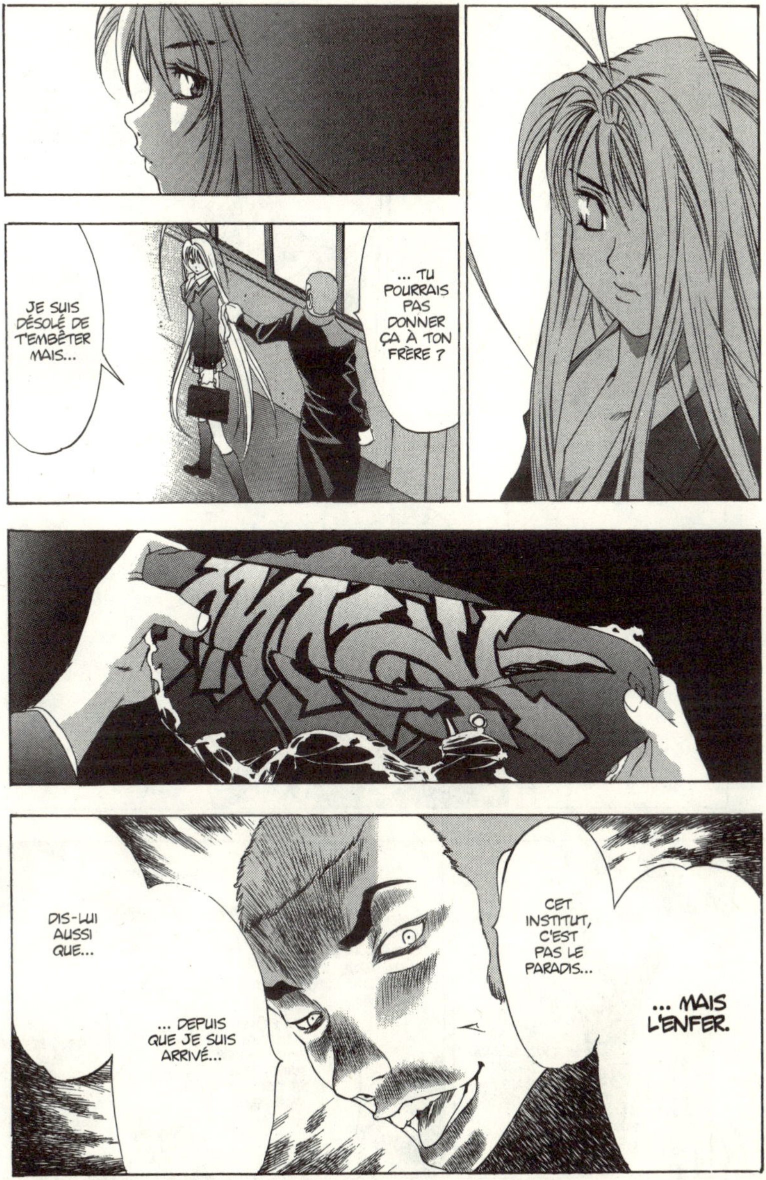

JE SUIS DÉSOLÉ DE T'EMBÊTER MAIS...
... TU POURRAIS PAS DONNER ÇA À TON FRÈRE ?
DIS-LUI AUSSI QUE...
... DEPUIS QUE JE SUIS ARRIVÉ...
CET INSTITUT, C'EST PAS LE PARADIS...
... MAIS L'ENFER.

J'AI ENTENDU PARLER DE TOI AU COLLÈGE.
VRAIMENT CHARMANTE.
FAIS PAS SEMBLANT D'IGNORER QUE TOUT LE MONDE T'ÉVITE PARCE QUE TON FRÈRE EST UNE TERREUR.
HÉ !
JE SUIS PAS COURSIER, FIGURE-TOI.
...
SLUSH
TU TE SENS ÉCRASÉE PAR LE CHARISME DE TON FRÈRE.
MAINTENANT, JE PARIE QUE TU VAS COURIR VOIR TON FRÈRE...
... ET LUI DEMANDER DE TE VENGER PARCE QUE JE T'AI FAIT PLEURER...
HEIN ? OH...
EXCUSE-MOI, JE NE VOULAIS PAS TE VEXER.
RÉPÈTE UN PEU...
... SI TU OSES...

OH...
...
QUAND JE ME BATS...
... JE FAIS PAS LA DIFFÉRENCE ENTRE LES FILLES ET LES GARÇONS.
JE M'APPELLE RYUKAI AMANO...
... ET J'ADORE LA BAGARRE.

!!
PRENDS ÇA !
GRRRR...
JE VAIS TE DÉPECER !
MAIS...
IL EST RAPIDE.
CRITCH
CRITCH

WAAAHHH!
TU VAS REGRET-TER...
GAH
... CE QUE TU VIENS DE FAIRE !

PAK
TIENS !
TIENS !
PAK
TIENS !
PAK PAK PAK
TIENS !
PAK
TIENS !
PAK
PAK
TIENS !
PAK
QUE...
GRAB
GRR

SPOOOK
PRENDS ÇA !
ESPÈCE DE MINABLE...
TU DEVRAIS PAS CHERCHER LES MECS !
TIENS !
NYAAAN
TU N'ES QU'UN CAFARD QUI SE PREND POUR UN TIGRE !
VOILÀ DE VRAIS CAFARDS.
IL EST FORT...
TSK
DAN
... MAIS ÇA LUI FENDRAIT LE COEUR, ET ELLE NE S'EN REMETTRAIT JAMAIS.
POUR QUELQU'UN QUI EST ISSU D'UNE FAMILLE DE COMBATTANTS, CE SERAIT PIRE QUE LA MORT.
NON...
SI ON INTERVENAIT, ÇA LUI ÉVITE-RAIT D'ÊTRE BLESSÉE...
TU COMPRENDS ?
SPOOK
STUNK

SI TU TIENS VRAIMENT À MAYA.
CASH
RÉSISTE...
MOI AUSSI, JE ME RETIENS.
PLOTCH
PLOTCH
PLOTCH
PLOTCH

C'EST À CE MOMENT-LÀ QUE J'AI RÉALISÉ...
... QUE TU N'AVAIS D'YEUX QUE POUR UN SEUL HOMME.
MÊME SI C'ÉTAIT MOI...
... TON ADVERSAIRE.

QUAND J'Y REPENSE ...
... JE ME RENDS COMPTE QUE C'EST À CE MOMENT-LÀ QUE TOUT A COMMENCÉ.
LA PRÉSENCE ENCOMBRANTE...
... DE TON FRÈRE PESAIT LOURDEMENT SUR TON COEUR.
ET POUR LA PREMIÈRE FOIS...
... J'AI ENVISAGÉ DE TUER SHIN.

OH! GREAT

www.paninicomics.com

Scénario et dessin
Oh! great

Traduction
NICOLE DUCLOS
ALAIN D.

Adaptation graphique
ACROBAT

Lettrage
STUDIO FENIX

Directeur de l'édition française
ALAIN GUERRINI
Comité de direction
A. GUERRINI
A. DENECHERE
S. DALLAIN
Directeur délégué
SÉBASTIEN DALLAIN
Directeur éditorial européen
MARCO M. LUPOI
Chef de produit marketing
MARJORIE TODRANI
Coordinateur marketing
WALTER DE MARCHI
Contrôleur de gestion
JOHN SCALA
Relations presse/Responsable commercial
JÉRÔME ARAGNOU
Coordinatrice éditoriale
ANNA RODELLA
Supervision
MARIE-PAULE GARCIA
Directeur artistique
MARIO CORTICELLI
Conceptrice graphique / Maquettiste
SABRINA PIU
Avec la collaboration de
JOSÉPHINE BAGLIO
LAURENT FRÉMONT
ASTRID LEONTI
et de toute l'équipe de Panini Comics

ENFER & PARADIS 4
ISBN : 2-84538-165-4

Un ouvrage GÉNÉRATION COMICS/PANINI FRANCE S.A.

Commercialisation et relations média :
PANINI FRANCE S.A.
Z.I. SECTEUR D - B.P. 62 - 06702 SAINT-LAURENT-DU-VAR CEDEX
Tél. 04 92 12 57 57 / Fax 04 92 12 57 58

Titre original : Tenjho Tenge

Impression : Tipografia Gravinese s.n.c., TORINO
Imprimé en Italie/Printed in Italy
Troisième édition

Merci à **CHIGUSA OGINO** et **ALICE ITOH** de Tuttle-Mori
Agency, Inc., Tokyo pour leur précieuse collaboration.